京極夏彦

遠野物語remix

京極夏彦
柳田國男

角川文庫
18610

遠野物語 remix

遠野物語remix

目次

Contents

遠野物語 remix *opening* 011

遠野物語 remix

A part 015

B part 111

C part 211

遠野物語 remix *ending* 239

解説　赤坂憲雄
『遠野物語』はいま、解放のときを迎えている 265

参考文献／関連文献 272

明治時代の遠野郷
閉伊川
津軽石村
十二神山
重茂村
高滝森
豊間根村
大沢村
金沢川
山田町
山田湾
新田
金沢村
白見山
立丸峠
小槌川
船越村
織笠村
山落場沢
大槌川
貞任山
船越湾
初神
赤柴
古里
和山峠
橋野川
橋野
立石山
大槌町
中村
早栃
太田林
太田
栗橋村
笛吹峠
大槌湾
仙磐山
片羽山
鵜住居村
釜石鉱山
白水温泉
仙人峠
甲子村
釜石町
釜石街道
釜石鉱山線
甲子川
釜石湾
太平洋
五葉山

門馬村
早池峰山
タイマグラ
内川目村
薬師岳
陸中
小国村
早池峰神社
矢水峠
附馬牛村
猿ヶ石川
外川目村
中斎
宿
石羽根
東禅寺
大萩
西内
達曾部村
晴山
妻ノ神
渋川
山崎
久手
宮守村
石上山
矢崎
下栃内
大橋
栃内
和野
松崎村
駒木
塚沢
綾織村
小峠
金ヶ沢
似田貝
足洗川
土淵本宿
水内
柏崎
野崎
火石
丸古立
田尻
山口
厚楽
山口
続石
砂子沢
宮ノ目
大久保
飯豊
飛鳥田
善応寺
糠前
鱒沢村
岩手軽鉄
二日町
猿ヶ石
遠野町
早瀬川
青笹村
中沢
羽場
馬木内
小友峠
物見山
板沢
猫川
佐比内
大師田
来内
切掛
細越
夫婦岩
小友村
N
荒谷
陸前
0
5km

現在の遠野エリア
JR山田線
宮古駅へ
宮古駅へ
十二神山
高滝森
45
浜街道
山田町
山田湾
陸中山田駅
白見山
26
宮古駅～釜石駅間
運休中
JR山田線
琴畑川
大槌町
大槌川
貞任山
船越湾
小槌川
大槌駅
橋野川
立石山
大槌湾
笛吹峠
片羽山雄岳
仙磐山
太平洋
仙人トンネル
陸中大橋駅
釜石市
釜石駅
JR釜石線
283
甲子川
釜石湾
三陸鉄道南リアス線
平田駅
上有住駅
新仙人トンネル
249
45
愛染山
五葉山
唐丹駅
陸前高田へ

盛岡市
宮古市
盛岡駅へ
早池峰山
薬師岳
岩手県
盛岡へ
花巻市
大野平
大出
早池峯神社
荒川高原
附馬牛
猿ヶ石
和野
涌水
白石
大洞
沢ノ口
桑原
新田
閉伊川
恩徳
瀬
西内
湯屋
達曾部
遠野市
駒木
一ノ渡
福泉寺
海上
野崎
久保
花巻駅へ
岩根橋駅
火石沢
上宮守
石上山
西ノ萩
遠野街道
松崎
宮代
宮守駅
宮守
蓮畑
光興寺
白岩
常堅寺
土淵
聖
綾織駅
新里
遠野駅
五日市
岩手二日町駅
長岡
河内
JR釜石線
柳堂
迷岡
猿ヶ石
綾織
早瀬川
晴山
六角牛
田瀬湖
神子
新田
青笹
柏木平駅
荒谷前駅
青笹駅
鱒沢駅
柴橋
鷹鳥屋
釜石自動車道
水口
川口
上郷
猫川
蛇
鮎貝
高木
糠森峠
寺田
小黒沢
長洞
岩手上郷駅
宇南田
大田
山谷
鬼原
来内
細越
岩崎
桑畑
釜石街道
平笹
横懸
平倉駅
北上市
妻ノ神
長野川
仙人峠道路
外山
一ノ倉
小友
N
長野
滝観洞トンネル
世田米街道
荷沢
種山高原
0
5km
物見山
住田町
陸前高田へ

遠野物語 remix

opening

remix 序

この物語はすべて成城の人柳田國男先生の著された書物遠野物語に記されて居るものなり。明治四十三年に記されてより、百年を通してをりをりに讀み繼がれし名著なり。柳田先生は文學者にはあらざれども名文家として識られる碩學の人なり。自分もまたその端正なる美文に因り喚起せらるる感動を損なはぬやう、一字一句をも加減せず、時に補い時に意訳し、順序を違へて、拙き筆なれど感じたるままを傳へらるるやう努め書きたり。思ふにこの遠野郷に傳はる物語は百年を經て色褪せることなし。今の世に在りてこそ、より多くの者に讀まれん事を切望す。願はくはこれを語りて平地人を戦慄せしめよ。

京極夏彦

●柳田國男が原典に施した注釈の一部は、本文中に盛り込む形で構成した。
●文頭に記されている番号は、原典に付されている番号（掲載順）である。
●原典の「序」に対応する文が分載されているため、各々に番号を振った。
●地名の表記や読み方が実際とは異なる場合もあるが原典に準拠している。

遠野物語 remix

A part

序（一）

これから語る話は、すべて遠野の人である佐々木鏡石《ささききょうせき》君より聞いたものである。

去年――。

明治四十二年の二月頃から、折々に聞いた。

彼は夜分尋ねて来ては、訥々《とつとつ》と語ってくれた。

私（柳田）はその話を逐一書き記しておくことにした。

佐々木君は、話し上手でこそないのだけれど、誠実な人柄であったので、一話一話を実に丁寧に話してくれた。

その朴訥な語り口を再現するために、書き記す際も一字一句を吟味し、勝手な解釈を加えたり、無駄だからといって省略してしまったりしないように心掛けた。彼の話を聞いた時に私（柳田）自身が感じたそのままを、一人でも多くの人に伝えたかったからである。

一

彼の故郷《ふるさと》は、遠野と謂《い》う。

遠い、野と書く。

どこから遠いのか、どれだけ遠いのか、判らない。

いや、元はアイヌの言葉なのである。遠野のトーは湖という意味だそうだから、間違いなく当て字ではあるのだろう。

しかし「とおの」というその読みは、音だけでも一種の郷愁を聴く者の心中に沸《わ》き立ててくれるように思う。すぐ目の前にあるというのに辿《たど》り着けない、見えているというのに手が届かない、そんな儚《はかな》さ。それでも訪ねてみたくなる、追い求めたくなる想いを掻き立てる、そんな愛《いと》おしさ。能《よ》く覚えているというのにどこか朧《おぼろ》げな、まるで幼い頃の記憶のような、そんな懐かしさを纏《まと》った名であると思う。

でも、遠野郷《ごう》は記憶の海に浮かんでいる幻などではない。

彼の故郷は、陸中《りくちゅう》にある。古くは遠野保《とおののほ》と呼ばれていた。

人々は今でもそこに住み、暮らしを営んでいる。

町村制が布かれて後は上閉伊郡《かみへいぐん》と名付けられた。その西側の半分、一時期西閉伊郡《にしへいぐん》と称されていた地域こそが彼の故郷、遠野郷である。

深く、険しい山々に囲まれた、平らかな土地、所謂《いわゆる》盆地であるという。

遠野郷は、土淵《つちぶち》、附馬牛《つくもうし》、松崎《まつざき》、青笹《あおざさ》、上郷《かみごう》、小友《おとも》、綾織《あやおり》、鱒沢《ますざわ》、宮守《みやもり》、達曾部《たつそべ》の十ヵ村と、遠野町から成る。

郡役場《やくば》のある遠野町は、山里の中の町場であり、その名の通り遠野の郷《さと》一帯の中心として栄えている。

町の南側にある鍋倉山《なべくらやま》にはその昔、山城《やまじろ》があった。

一名を鍋倉城、また遠野城とも、横田《よこた》城とも謂《い》う。

この城は中世に隆盛を誇った豪族、阿曾沼《あそぬま》氏の居城であった。

奥州《おうしゅう》征伐の功によって鎌倉幕府《かまくらばくふ》より遠野保を授けられた阿曾沼氏は、先《ま》ず松崎村近辺に本拠を構えたのだそうである。その最初の城を横田城と謂った。やがて鍋倉山の丘陵を城域とし、豊かな水系を天然の掘割と為す形で、鍋倉城が作られた。

別名である横田城は、最初の城名の名残《なごり》であるらしい。

だが、遠野阿曾沼氏の栄華は長くは続かなかった。天正《てんしょう》の頃には南部《なんぶ》氏の配下となり、更に城を巡る一族内の謀反《むほん》などもあって、慶長《けいちょう》の頃には血筋も絶えてしまった。

結局遠野郷は主筋《しゅうすじ》である南部《なんぶ》氏が統治することとなり、城も南部家の管轄するところとなって、寛永《かんえい》の頃には八戸《はちのへ》より南部直義《なおよし》が入城した。これにより、鍋倉の城は名実ともに遠野南部家の城となり、かつ遠野郷は遠野南部家一万二千五百石の城下町となったのであった。

今は城跡《しろあと》しか残っていないようだが、南部家による遠野郷の支配は、御一新まで続いたという。

遠野は、ただの草深い山村ではないのだ。

城下町なのである。

つまり。

遠野は、明治を迎えるまで仙台《せんだい》藩と南部藩の藩境にある行政都市であり、商業都市でもあった——ということになる。それはまた、遠野が奥州交易の要所だったということでもある。

当然、行き来するのが難しい難所という訳でもない。

東京からは慥《たし》かに近くはないし、また行き易いということもない。それでも鳥も通わぬ僻地などでは決してない。ただ鉄道で直接行くことができないというだけのことである。

岩手《いわて》までは汽車で行ける。

花巻《はなまき》の停車場で汽車を降りて、それから北上川《きたかみがわ》を渡るのである。

北上川には猿ヶ石川《さるがいしがわ》という支流がある。その支流沿いに東に向かって進む。

川沿いに十三里ばかり山の方に登って行くと、遠野の町が現れる。

楽な行程ではないが、それを難儀と思うのは今の人の感覚だろう。

その昔は汽車もなかったのである。

ただ、猿ヶ石川沿岸は豊かな自然に恵まれている。そんな道をどこまでもどこまでも山の方に分け入って行くのであるから、行き着く先はさぞや深山幽谷なのであろうと、旅人は皆そう思うことだろう。

ところが、そうではないのだ。

初めて訪れる者は、一様に驚くだろう。

遠野町は、山奥にあるとは思えない程に繁華な町なのである。

それでいて、周囲は深く険しい山なのである。ちょっとした山中異界の様相を呈していると言っても良いかもしれない。

鄙《ひな》びた山村でもあり、栄えた城下町でもある。

遠野という処は、まことに珍しい土地柄と言って良いのではないだろうか。

伝え聞くところによれば、遠野郷一帯は、大昔は湖だったそうである。盆地一円に湖水が湛えられていた——ということなのだろう。その盆に溜まった水が、ある時何かの理由で人里に流れ出た。水位が下がり、やがて湖底は露《あらわ》になって、そこにいつの頃からか人が住み始め、自然に集落ができた。

流れ出た水は大地に筋を作り、それが猿ヶ石川となった。だから遠野を囲む谷川の多くは猿ヶ石川に合流しているのである。

俗に、遠野には七内八崎《ななないやさき》ありと謂《い》う。慥《たし》かに、栃内《とちない》を始め内《ない》の付く地名は七つあるし、柏崎《かしわざき》を始め崎の付く地名も八つばかりある。内《ない》とは、奥州《おうしゅう》辺りの地名では能《よ》く耳にするものだが、これは沢や谷のことである。崎とは、湖にせり出した半島のことなのだ。

つまり、そうした名称は、湖だった頃の残滓なのである。まだ人の住む前の土地の記憶が、地名として残っているのだ。

遠野とは、そんな処である。

二十四

遠野の村々には旧家がいくつもある。

それらを、大同《だいどう》と呼ぶ。所謂《いわゆる》、家号である。

何故そう呼ぶかといえば、それらの家々が大同元年に甲斐国《かいのくに》から移って来たからだと謂われている。

しかし、大同年間といえば、相当に古い。坂上田村麿《さかのうえのたむらまろ》蝦夷《えぞ》征伐の時代である。

一方で、甲斐国というのは領主である南部家の本国である。そちらから移ってきた者がいたとしても、おかしくはない。田村将軍東征と、南部家統治という二つの伝説が、いつの間にか混じり合ってしまったのかもしれない。

また、東北地方では一族のことを洞《ほら》と呼ぶ。もしかしたら大同とは、大きな洞の意なのかもしれない。いずれにしても、そう呼び習わすようになったのは、遥か昔のことである。

二十五

大同の祖先達がこの遠野の地に移り住んだのが果たしていつのことだったのか、それは判らない。しかし、彼らが初めてこの地を踏んだのは、歳の暮れであったと伝えられている。

荷解きをしている間に、恰《あたか》も年は明けようという程に押し迫っていたそうである。ゆっくりと正月支度をする余裕はなかった。迎春を寿《ことほ》ぐため、せめて正月飾りくらいはしようとしたのだが、門松を立てているうちにはや元旦が訪れてしまった。門松は片方しか立てられなかった。

そのため、今でもこの家々では吉例と称して門松は片方しか立てない。もう片方を地面に伏せたまま、注連縄《しめなわ》を張るのだという。

六十五

早池峰山《はやちねさん》は御影石《みかげいし》の採れる山である。

この山の小国村《おぐにむら》に向かう側に、安倍《あべ》が城《じょう》という名の岩がある。

安倍が城の名は、前九年役《ぜんくねんのえき》に於《お》いて厨川柵《くりやがわのさく》で討たれて死んだ平安時代の武将、安《あ》倍貞任《べのさだとう》に由来するものである。ただ――そこに城があったとは思えない。

それは険しい崖の中程にある大岩であり、とても人が行き着けるような処ではないのである。

しかし、この岩はただの大石ではなく窟《いわや》になっていて、今も尚、安倍貞任の母が住んでいるという言い伝えがある。

雨のそぼ降る夕暮れなどには、窟の扉を鎖《とざ》す音が聞こえるという。

小国村や附馬牛村の人々は、その音が聞こえると、

「安倍が城の錠の音がする」

と謂うらしい。

そして、その音がした翌日は雨が降ると謂うのである。

六十六

その早池峰の、附馬牛からの登山口にも、安倍屋敷と呼ばれる岩窟がある。こちらは名前が残っているだけであるが、屋敷と呼ぶ以上は安倍貞任の縁者が住んでいたと考えられていたのだろう。

とにかく、早池峰山は安倍貞任に縁《ゆかり》のある山なのである。

小国村からの登山口には、安倍貞任と戦って討ち死にした八幡太郎義家《はちまんたろうよしいえ》の家来を埋葬したという塚が、三つもある。

六十七

安倍貞任に関する伝説は、早池峰以外にも多くある。

土淵村と、栗橋村《くりはしむら》との境――その昔は橋野村《はしのむら》と呼ばれていたあたりの登山口から二三里ばかり登った山の中に、広くて平らかな高原がある。

その辺りにも、貞任という地名が残っている。

そこの沼で、安倍貞任が馬を冷やしたのだとも、いや貞任が陣屋を構えた址《あと》なのだとも伝えられている。馬を冷やすというのは、火照《ほて》った馬の足を水に浸《つ》けて休ませることを謂う。

貞任高原は見晴らしも良く、陸中《りくちゅう》の海岸も、水平線までもが能《よ》く見渡せる。晴天の日にここから眺める東海岸の風景は、絶景である。

六十八

土淵村には、安倍氏を名乗る家がある。それらの家は、安倍貞任の末裔と謂われており、昔は大いに栄えた家であった。今も村では一二を争う物持ちであり、馬具刀剣の類いも沢山所持している。屋敷も大きく、周囲には満面の水を湛えた濠《ほり》が巡らされている。現在の当主は安倍与右衛門《よえもん》という人で、村会議員を務められている。

安倍貞任の子孫と伝えられる家は遠野の外にも多くある。盛岡《もりおか》の安倍館《あべだて》の付近、安倍氏が滅ぼされた古戦場址でもある、厨川の城柵《じょうさく》の辺りにも安倍の名を継ぐ者は住んでいるようである。

その、土淵村の安倍家より北側に四五町程進んだ辺り、小烏瀬川《こがらせがわ》の河隈《かわくま》には館の址が残っていて、八幡沢《はちまんざ》の館《たて》と呼ばれている。これは八幡太郎義家の陣屋の址だと伝えられている。そこから遠野の町に向かう路の途中には八幡山という名の山があり、その山の、八幡沢の館側に向かう峰にも館の址が残っている。こちらは貞任の陣屋址だと謂われている。

二つの館址は、凡《およ》そ二十余町も離れている。

その間の土地からは多くの鏃《やじり》が掘り出されているという。これは両陣屋より互いに矢を射かけ、激しい矢戦《やいくさ》をしたという言い伝えを補強するものである。

また、二つの館址の中程には、似田貝《にたかい》という名の集落がある。

ニタカイというのはアイヌ語で湿地を意味するニタトから来ているのではないかと思う。下閉伊郡小川村《こがわむら》にも二田貝《にたかい》という名の字《あざ》があるし、関西方面でニタ、或いはヌタと呼ぶ場所もやはり湿地だからである。この辺りもそうだったらしい。安倍貞任と源義家が戦った頃、似田貝の辺りは蘆が生い茂るばかりで地面は固まっておらず、歩けばユキユキと揺れ動く程だったそうである。しかし、村名の由来は別にある。

ある時、八幡太郎義家がその蘆原を通り掛かった。

すると、粥《かゆ》らしきものが大量に置いてある。敵のものか味方のものか、いずれ兵糧には違いない。八幡太郎は、

「これは、煮た粥か」

と尋ねたという。

そのニタカユが転じて村の名になったのだと、土地の者は謂うのである。

似田貝村の外を鳴川という小川が流れている。その小川を隔てた先が、足洗川村《あしらがむら》である。こちらは源義家が鳴川で足を洗ったからその名が付いたと謂われている。

五

遠野は山に囲まれている。その山々の奥には、山人《やまびと》が棲んでいる。

山人《やまびと》は、人に似た姿形をしている。

でも、人ではないという。

例えば——。

遠野郷からは海に出るにも山を越えなければならない。田《た》ノ浜《はま》や吉利吉里《きりきり》などの海岸に行くためには、山口村《やまぐちむら》から六角牛山《ろっこうしやま》に分け入って、笛吹峠《ふえふきとうげ》と呼ばれる峠を越すのが一番近い。米や炭などを馬に積んで山へと入り、この峠を越し、また海産物を積んで戻るのである。山口という村名は、山への入り口の意なのだ。効率が良いので古くより能《よ》く使われる山路であった。

ところが。

近年になってこの道は使われなくなってしまった。

峠を越えようとする者は、山中に到って必ず出遭《であ》うのだそうである。

山人に——である。

その道筋には、山男や山女がいるのだ。

それは恐ろしいものであるらしい。

出遭ってしまった者は恐れ戦《おのの》き、話を聞いただけの者もまた怖がった。往来する者の数は次第に減り、やがて人影も稀になって遂には絶えてしまった。あまりにも恐ろしがる者が多いので、別の道を作ってしまったのである。

いくら恐ろしいからといって、海側に通じる道がなければ暮らしに困る。そこで和山《わやま》というところに馬次場《うまつぎば》を設《しつら》え、境木峠《さかいぎとうげ》を越えて行く新しい道が作られたのである。

今はこの道ばかりを使うそうである。

二里以上迂回することになるから、決して便利な道ではない。

それ程までに——。

恐ろしいものなのだろう。

九十二

去年のことである。

土淵村の里の子供が十四五人連れ立って早池峰山に遊びに行った。

一日を山で過ごし、気が付くと夕暮れが近付く刻限になっていた。暗くなってしまうと危ないと思い、急いで山を降《くだ》った。やっと麓近くまで辿り着いた時のこと。

恐ろしく背の高い男が、急ぎ足で山を登って来るのに行き逢った。

薄暗かった所為《せい》か、色は黒く見えた。眼はきらきらと光り、肩には麻で織ったような古い、浅葱《あさぎ》色の風呂敷で包んだ小さな荷物を背負っている。それは恐ろしかったという。この刻限に山の方に登って行くということ自体、普通ではない。あり得ないことだ。

肝の据わった子供の一人が、どこへ行くのかと、声を掛けた。

「小国へ行く」

と、男は答えた。

しかしこの山路はどう考えても小国村に通じる道ではないのである。方角がまるで違う。男は山に向かっている。

子供達は立ち止まり、不審そうに男を見送った。しかし擦れ違ったと思う間もなく男の姿は見えなくなってしまっていた。

「山男だ」

と、誰かが言った、その途端に怖くなり、子供達は口々に山男だ山男だと叫んで里まで逃げ帰ったという。

三十

その、小国村に住む男の話である。

名前は聞いていない。その男はある日、早池峰山に竹を截《き》りに行った。

男はやがて、地竹《じだけ》が夥《おびただ》しく生えた処に行き当たった。これは截り放題だと喜び、ふと見ると。

竹藪《たけやぶ》の中に、それはそれは、それは大きな男が一人、眠り扱《こ》けていた。

仰向けになり、大きな鼾《いびき》をかいている。息を呑み、ふと足許に目をやると、地竹で編んだと思われる草履が脱ぎ捨ててあった。

その草履は、三尺ばかりもあったという。

二十八

最初に早池峰山に分け入って山路をつけたのは、附馬牛村の何某《なにがし》という猟師だと伝えられている。これは相当に昔のことだと思われる。ただ遠野に南部氏が入城した後のことであることは間違いない。何故なら、その頃まで土地の者は誰一人、この山に入ることをしなかったからである。

この何某という猟師、人跡未踏の山に分け入り、苦労して先ず半分《ま》ばかり道を開いた。猟師は山の中腹辺りで先に進むのを一旦止《や》め、そこに仮小屋を建てて暫く暮らしていた。

ある日猟師は、炉の上に餅を並べ、焼けた順に喰っていた。

そこに。

小屋の前を通る者がある。人がいる訳もないので、オヤと気にしてみれば、その何者かは、行きつ戻りつしつつ、頻《しき》りに小屋の中を窺うようにする。能《よ》く見れば大きな坊主である。

その坊主は、やがて小屋の中に入って来た。

猟師はぎょっとしたが、慌てても仕方がないので黙って餅を焼き続けた。坊主は腹が減っているのか、それとも餅を見たことがないのか、さも珍しそうに猟師が餅を焼くのを熱心に眺めていた。

しかし、ついに我慢ができなくなったという様子になり、いきなり手を伸ばして焼けた餅を奪い盗り、喰った。

猟師は恐ろしくなって、焼ける尻から餅を取って坊主に与えた。

坊主は嬉しそうにそれを喰った。与える餅与える餅、皆喰ってしまい、ついに餅がなくなると坊主は去った。

猟師は考えた。

あの大きな坊主が何者かは判らない。しかし、あの様子では明日もまた来るに違いない。

餅はもう残り少ないのである。かと言って、餅を与えなければ何をされるか知れたものではない。言葉も通じるのかどうか判らないし、里へ下って餅を調達して来たところで皆喰われてしまうのでは堪らない——。

猟師は一計を案じ、翌日は餅に能く似た白い石を二つ三つ拾って来て、餅に交え炉の上に載せておいた。やがて石は焼けて、火のように熱くなった。

案の定、大きな坊主はまたやって来た。

坊主は前日と同じように炉に並んだ餅を眺め、やがて手を出し、餅を取って美味そうに喰った。一つ喰い、二つ喰って、餅は尽き、後は焼けた白石だけになった。

坊主はまるで気付かず、焼けた石を抓《つま》んで口に放り込んだ。

放り込むなり、坊主は大いに驚き、物凄い勢いで小屋を飛び出した。猟師が出てみるともう姿が見えなくなっていた。

それから後、暫くしてから、猟師は谷底に倒れている大坊主の死骸を見たという。

三十五

佐々木君の祖父の弟――大叔父にあたる人が、白望山《しろみやま》に茸《きのこ》を採りに行った時の話だそうである。

夢中で採っているうちに、陽が翳ってきた。

夜半の山道を行くのは危険である。そこで、佐々木君の大叔父は、仮小屋で一夜を明かすことにした。

仮小屋の前には谷があり、その谷を越した向こうには大きな森が見えていた。

寝付けずにその谷の向こうを眺めていると。

森の前を、横切る者がある。

女だった。

女が走っているのだった。しかも、その女は、どうやら中空を駆けて行くように大叔父には見えたそうである。

「待てちやァ、待てちやァ」

と、何かを呼ぶ声が二度ばかり聞こえたそうである。

三十四

白望山の山続きに、離森《はなれもり》という場所がある。

そこに、長者屋敷と呼ばれている地域がある。長者屋敷とは名ばかりで、人が全く住んでいない、何もない僻所である。

その無人の土地で炭を焼こうとした者があった。その頃、家で使う炭は自分で作ったものである。炭は売ることもできたので、副収入にもなった。そんな訳で、炭焼きは盛んに行われていたのである。

その男は窯《かま》を作り、小屋を掛けた。炭焼き小屋は焼けた炭を冷まして落ち着かせるために建てる。そこで炭を俵に詰めるのである。木を組んで作った簡単なもので、入り口には垂《た》れ菰《こも》といって、蓆《むしろ》を下げておいたものである。

ある夜。

窯の火加減を見に行くと。

垂れ菰を持ち上げて、小屋の中を覗いている者がいた。

女だった。

長い髪を二つに分け、ぞろりと垂らしている。
里の者の髪形ではなかった。
長者屋敷の辺りでは、深夜に女の叫び声を聞くことも珍しくないという。

七十五

その離森の長者屋敷には、数年前まで燐寸《マッチ》の軸木を作る工場《こうば》が建っていたそうである。工場といっても立派なものではなく、小屋である。

今はもうない。

土淵村《つちぶちむら》の山口《やまぐち》という処に移転してしまったからである。移った理由は次のようなものである。

日が暮れると。

何処からともなく女が現れて、小屋の中を覗くのだという。

女はこっそりと中の様子を窺って、人が中にいると。

げらげらと大声で笑うのだそうだ。

何が可笑《おか》しいのか判らぬが、人を見ると笑う。

その笑い声を聞くと、笑われた者は途端にうら淋しい気持ちになるのだそうである。

人の住まぬ荒れ地の夜に、ただ女のけたたましい笑い声だけが響き渡る様というのは、恐ろしいとか怪しいとか言う前に、慥《たし》かに淋しげなものなのかもしれない。

その淋しさに耐えられなくなり、工場は移転してしまったのだということである。燐寸工場が無くなった後、今度は鉄道のレールに使う枕木を長者屋敷の山から伐り出すことになり、山中に作業員が寝泊まりするための粗末な小屋が建てられた。

ところが、夕暮れになると人夫がいなくなる。

いつの間にか小屋から迷い出て、戻って来ても呆然としていて、何処に行っていたのか、何をしていたのか問い質《ただ》しても要領を得ず、まるで判らない。

そうした作業員は一人ではなく、しかもそれは一度や二度ではなかった。四人も五人もが日暮れとともにふらふらと姿を消す。その誰もが正体をなくして戻り、暫くは腑《ふ》抜《ぬ》けのようになってしまう。そうした変事はその後も幾度となく起こり、絶えることなく続いた。

随分後になってから、一人の人夫が語った。

女が来るのだそうだ。

誘い出されて、何処とも知れぬ処に連れて行かれ、その後のことはまるで記憶にないらしい。帰ってからも二三日は意識が混濁し、状況が理解できない状態になるのだそうである。

四

山口村《やまぐちむら》に一家を構える吉兵衛《きちべえ》という人の話である。

主《あるじ》の吉兵衛がある日、根子立《ねっこだち》と呼ばれている山に笹を採《と》りに入った。笹原で要る分だけの笹を刈り取り、束《たば》にして、背中に担いだ。

さて帰ろうと思い、立ち上がろうとしたその時――。

背後に広がる一面の笹原の上を撫でるようにして、さあっと風が吹き渡るのを吉兵衛は感じた。そして、何の気なしに風が吹いて来る方に顔を向けた。

風は、笹原の更に奥、林の方から吹いて来ていた。その林の中から女が出て来た。

穉児《おさなご》を背負った、若い女だった。

女は風と共に笹原を突っ切るようにして吉兵衛の方に近寄って来た。

そこで、吉兵衛は自分の目を疑った。女の足が地に着いていないように――思えたからである。いや、風に揺れる笹の葉に隠れてしまっていたので足許こそ確認することはできなかったのだが、まるで女は地表から僅《わず》かに浮いて、風に追われて笹原の上を進んでいるように――吉兵衛には見えたのである。

女はどんどんと吉兵衛に近付いて来た。

極めて艶《あで》やかな女だった。そう見えた。

やはり黒髪を長く伸ばし、垂らしている。結ってもいないし切り髪でもない。それ自体が異様である。

しかし、能《よ》く見てみれば、赤ん坊を結わえ付けている紐は藤の蔓《つる》なのだった。身に着けている衣類も、元は何処にでもある縞《しま》織物の着物のようだったが、裾の辺りはぼろぼろに綻《ほころ》びていたし、処どころの破れ目は木の葉などを添えて繕われている。

歩き方も、髪形も、衣服も、人とは違う。

女は、事もなげに、まるで吉兵衛など目に入っていないかのように、吉兵衛の鼻先を通り過ぎて、視界から消えた。何処に行ったものか、まるで判らなかったそうである。

俄《にわか》に恐ろしくなった。

吉兵衛はその時の体験があまりにも恐ろしかったためか、やがて患い付き、久しく病床に臥していたという。この話はそれ程昔の出来事ではない。

病床の吉兵衛が亡くなったのは、つい最近のことである。

三

やはり、遠野を囲む山々には、山人が棲んでいるのだ。

栃内村の和野《わの》に、佐々木嘉兵衛《ささきかへえ》という七十を超した老爺《ろうや》が住んでいる。

この嘉兵衛翁が、若い時分のことである。若き日の嘉兵衛は、鉄砲撃ちの名人として知られていた。猟師だったのである。

その日。

猟のため山に入った若き嘉兵衛は、獲物を求め山へと分け入った。

夢中になって登り、はっと気が付いた時にはかなりの山奥に達していた。人跡未踏とまでは言わぬが、人の行き来する場所ではない。いや、山に慣れている猟師であっても、普段なら踏み込まぬ領域にまで来てしまっていた。

その、更に先。

枝葉の間、遥か向こうに、大きな岩が見えた。嘉兵衛はぎょっとした。

その岩の上に美しい女が一人、座っているのだった。

女は横座りになり、黒々とした、艶のある、長い長い髪を梳《くしけず》っていた。

顔の色は極めて白い。それも、白粉《おしろい》を塗ったような白さではない。肌そのものが抜けるように白いのだった。

人ではない。

人のいる場所ではないからだ。いや、人がいるべき場所ではないだろう。行こうとしても常人に行けるような処ではない。行く意味もない。況《ま》して女には無理だ。だから。人ではない。

若き嘉兵衛は不敵な男でもあったから、怖いとは思わなかった。反対に、その魔性のものに真っ直ぐに銃を向け、弾を撃ち放ったのである。

山間《やまあい》に轟音が谺《こだま》し、音が止む前に女は倒れた。

命中したのだ。嘉兵衛は木々の間を駆け、岩を攀《よ》じ登った。

倒れていた女は、大きかった。身の丈は嘉兵衛よりも高い。

そして解《ほど》かれた黒髪は更に長かった。身長よりも長く髪の毛を伸ばす者など村里にはいない。顔立ちは美しいけれど、異形ではある。

死んでいる。しかし、嘉兵衛にはどうしようもなかった。死骸を持ち帰る訳にもいかず、嘉兵衛は山の魔性を討ち取った証しにと、その長い髪の毛を些《いささ》かばかり切り取り、綰《わが》ねて懐にしまった。その日の猟はそれで止めて、嘉兵衛は家路を辿った。

ただ、どういう訳か嘉兵衛は、帰路の途中で突然睡魔に襲われた。

まだ山道も半ばあたりである。それでも堪え難《がた》く眠い。

眠くて眠くてしようがない。

嘉兵衛は仕方なく物陰に立ち寄り、仮眠をとることにした。足許が覚束なくなったりすると、山道は危ない。

嘉兵衛は微睡《まどろ》んだ。うとうとと、夢と現《うつつ》の境を行き来しているその時。

背の高い男が一人、何処からともなく現れた。

雲を突くばかりに大きな男に見えたのだそうである。その大男は嘉兵衛のすぐ傍《そば》まで近寄ると、身体を屈め、嘉兵衛の懐中に手を差し入れて、絹ねた黒髪をすっと抜き取った。あの、女の死骸から切り取った髪の毛である。

取り返しに来たか。

そう思った。男は髪の束を手にするとすぐに立ち去り、途端に嘉兵衛も目覚めた。

眠気もすっかり飛んでいた。

あれは――。

山男だろうと思った。

嘉兵衛翁は、今も健在である。

八

何処の土地でも、黄昏時《たそがれ》に女や子供が出歩くのは好ましいことではないと謂う。微《うす》暗《ぐら》くなってからか弱い者が出歩くのは危ない。時に、神隠しにも遭う。居なくなるのである。そこは、遠野でも同じことである。

松崎村《まつざきむら》に、寒戸《さむと》という処があるという。そこの民家の娘が、突然居なくなった。梨《なし》の樹の下に脱いだ草履《ぞうり》が揃えて置いてあったそうである。草履だけを残して、娘の行方はぷっつりと知れなくなってしまったのだった。

それから三十年あまりが過ぎた、ある日。

親類や仲の良い友達などが、その家に集まることがあった。

そこに——それはもう老いさらばえた女がひとり、尋ねて来た。

それが、消えた娘だった。

一同は驚いた。いったい三十年もの間、何処にいたのか。何をしていたのか。どうやって戻ったのか。いや——どうして三十年も経ってから帰ったのか。

親類縁者達は戸惑いながらも、何故今になって戻ったのかだけを問うた。

「懐かしい人々にどうしても逢いたくなって帰ったのだよ」

と老婆は答えた。そして、

「されば、また行かん」

と言った。

そのまま老婆は去ったという。未練を残すでもなく、訪問の痕跡さえ残さずに、老婆は何処とも知れぬ場所へと再び帰って行ったのであった。

その日は大層風の烈《はげ》しく吹き荒れる日であった。

その日以来――遠野郷の人は風が騒がしい日になると、

「今日はサムトの婆が帰って来そうな日だな」

と、謂うそうである。

しかし、遠野には寒戸という名の集落は、ない。松崎村にあるのは登戸《のぼと》であり、寒《さむ》風《かぜ》という地名があるのは綾織村《あやおりむら》である。聞き間違いか覚え違いかもしれない。

しかし、それでも風が吹く日には、やはりサムトの婆が来そうだと――。

謂っているように思えてしまうのだ。

三十一

遠野郷の民家では、毎年大勢の娘や子供が攫われる。
攫うのは人ではない。
攫われるのは女が多いという。

六

遠野郷では、豪農のことをいまだに長者と呼ぶ。

青笹村《あおざさむら》大字糠前《ぬかのまえ》に、その長者が居を構えていた。

その長者の娘が、ある日ふと、何物かに取り隠されてしまった。神隠しのようなものである。大騒ぎにはなったが結局見付からず、そのまま久しく時が経《た》った、ある日のこと。

同じ在に住む猟師の何某《なにがし》が、獲物を求めて深山に分け入った。

そこで。

女に遭った。

猟師はこの上なく——恐ろしくなった。女の居るような場所ではない。

ならば、山女である。それは、やはり怖いものなのである。

怯《おび》えた猟師は、鉄砲を構えた。反射的にその怖いものを撃とうとしたのである。

するとその山女は、
何何《なになに》い、何をぢではねえか、と猟師の名を呼んだ。

それから、

「撃《ぶ》つな――」

と、女は言った。

名を呼ばれた猟師ははっとした。能《よ》く見れば、それは先年行方不明になった長者の愛娘《まなむすめ》なのだった。猟師は、それは驚いた。そして当惑の末、何故こんな処に居るのだと、尋いた。

娘は、

「私は――あるものにとられたのです」

と、答えた。

攫われたということだろう。

そして娘は続けて、自分はそのあるものの妻となったのだ――と言った。

「妻となって、子供も産んだ。何人も産んだ。産んでも産んでも、夫はみな、子を喰い尽くしてしまうのだ。だから私は独《ひと》りなのだ。独りでこの山中に居るのだ。この深山で一生を送るしかないのだ。もう」

仕方がないのだと、娘は言った。そして、

「をぢも、此処《ここ》に居ると危ないから疾《はや》く帰れ。でも。このことは――」

人には言うな。

決して言うなと、娘は、否、山女は言った。

猟師は、そこでまた言い知れぬ怖さを感じた。慥《たし》かに知った娘ではあるのだが、それでももう、この女は失踪した娘などではなく——。

怖いものなのだ、と思った。

猟師は再び激しい恐怖に駆られ、女に急かされるがまま、其処がどの辺りだったのか確認することもせず、見送る女に言葉をかけもせずに、里まで一目散に遁《に》げ還《かえ》ったのだという。

七

上郷村《かみごうむら》の民家の娘が、栗を拾いに山に入って、そのまま行方不明になった。方々捜したが杳《よう》として見つからず、家の者もついには諦めて、娘は死んだものと考え、娘が使っていた枕を娘の身代わりにして葬式を出した。

それから——二三年ばかり経《た》った頃。

同じ上郷村の者が、猟をしに山に入った。獲物を追いつつ、五葉山《ごようざん》の麓あたりに差し掛かった時。妙なものを見付けた。

岩穴かと思ったが、そうではない。大きな岩が庇《ひさし》のように覆い被さっている。人工のものではないが、ただの穴ではない。窟《いわや》というべきだろうか。

そこに。

行方不明になった娘がいた。思いがけず娘を発見してしまった猟師は驚き、

「いったいどうしてこんな処にいるのか。こんな山奥にどうやって入った」

と問うた。

問われた娘も大いに驚いた様子で、

「私は山で恐ろしい人に攫われました。それで、こんな処にまで連れて来られたのです。隙を見て家に帰ろうとしたのですが、その恐ろしい人はまるで隙がなく、逃げる機会がありませんでした」

そう答えたという。猟師はいっそうに驚き、

「その恐ろしい人というのは、どんな人なんだ」

と、尋ねた。鬼か天狗か、いずれ化け物かと考えたのだろう。

女は、首を振り、普通の人間だと言った。

「少なくとも、私には普通に見えます。ただ、異様に背が高く、それから眼の色が少しばかり、凄いのです」

娘はそう言ったという。凄いとはどういうことか。色が普通と違っているというのか、それでどう凄いのか、猟師には判らなかった。

娘は、自分はその男の子供を何人か産んだのだと言った。

「ただ、産んだ子はどれも自分に似ていないから我が子ではないと言って、どこかへ持ち去られてしまいました」

持ち去ってどうするのだと尋くと、娘は殺すのか、食べるのか判りませんと答えたという。自分の子を喰う人間などいない。

それは、本当に我々と同じ人間なのかと、猟師は重ねて問うた。眼の色が凄いとはどういうことなのか。

「衣服などは世間の人とそう違わないものを着ています。ただ、瞳の色が、私達とは少し違うのです。そこが」

恐ろしいのだと娘は言った。そして、一市間《ひといちあい》に一度か二度、同じような仲間が四五人ばかり尋ねて来るのだと続けた。

恐ろしい者は、一人ではないのだ。

一市間とは市と市との間ということである。遠野の町は月に六度市が立つので、一市間は五日間ということになる。その恐ろしい者どもは五日の間に数度、ここに集まるということなのだろう。

「集まって、暫く何か話をして、そのうち皆で何処かへ出かけて行きます。食べ物を外から持ち帰ることもありますから、遠野の町にも出ているのだと思います。こんな話をしている間に、今にも」

ここに帰ってくるかもしれませんと娘は言った。

猟師は辺りを見回し、急に恐ろしくなって、その場から去った。

九

菊池《きくち》弥《や》之《の》助《すけ》という老人がいる。

弥之助は馬持ちであったから、若い頃は副業に馬方をしていた。馬方といっても人を乗せるのではない。手間賃を貰って荷物を運ぶのである。遠野ではその仕事を駄賃《だちん》付《づけ》と呼んでいた。楽な仕事ではなかったが小金は稼げたので、馬持ちの百姓達は能く駄賃付をしたそうである。

弥之助はまた、笛の名人でもあった。

長い行程を行く時などは、笛を吹きながら馬を追ったという。

遠方に出向く時は夜通し歩かねばならない。夜空に妙《たえ》なる笛の音が冴《さ》え渡ることも多かった。

ある晩のこと。

弥之助は大勢の駄賃付仲間と共に、境《さかい》木《ぎ》峠《とうげ》を越えようとしていた。陸中の浜に荷物を届けるためである。

道程《みちのり》は単調で、空には朧《おぼろ》に月が浮かんでいた。

弥之助はいつものように懐から笛を取り出し、良い調子で吹き始めた。

その笛の音に聞き惚れながら夜道を進んで、一行は大谷地《おおやち》という谷間の上に差し掛かった。大谷地という処は、それはそれは深い谷なのであった。上の方には白樺の林が繁っており、下の方は葦が群生した湿った沢になっている。

その谷を過ぎようとした時。

谷底から。

面白いぞお、という甲高い叫び声が響いた。

一同は一気に顔色を失い、走って逃げたという。

十

この弥之助がある時、茸《きのこ》を採ろうとして山に踏み込んだ。

麓の方はみな採られてしまっていたので、人里離れた深山まで行き、仮小屋を建てて泊まり込みで採集することにしたのであった。

弥之助は粗末な小屋を造り、日が落ちるとすぐに寝た。

夜も更けた時分のこと。

きゃあという女の叫び声が聞こえた。弥之助は飛び起きた。

目を開けたところで明かりも何もない漆黒の闇であるから、どこから聞こえたものか判らない。そもそも弥之助以外に人はいない。

気の迷いかと思った。だが、声ははっきりと耳に残っている。ならば遠くから声が響いて来たのかと弥之助は考えた。しかしその考えはすぐに打ち消された。考えるまでもなく、深夜の山中に、人が、しかも女がいる筈はないのだ。

勿論、里の物音が聞こえる訳もない。

寺の鐘も届かない程の山奥である。

弥之助の胸の鼓動は高鳴った。怖くなったのだ。

弥之助は轟く胸を抱えるようにして一夜を過ごし、そうしているうちに周囲は明るくなった。

何も起きなかった。

錯覚であったかと思い直し、茸を採って、弥之助は下山した。

村は騒ぎになっていた。

弥之助の妹が、殺されたのだという。しかも殺したのはその息子、弥之助の甥なのであった。妹が殺されたのは弥之助が叫び声を聞いたのと同じ夜、しかも同じ刻限であったという。

十一

弥之助の妹は、長く母一人子一人で暮らしていたのだそうである。

別にどうということはない、穏やかな暮らし振りであったという。

ただ、息子の孫四郎《まごしろう》が嫁を貰ってからは様子が変わってしまった。姑《しゅうとめ》である弥之助の妹と、その息子の嫁は反りが合わず、嫁姑の仲は日に日に悪くなって行ったのだそうである。嫁は屢々《しばしば》泣きながら家を抜け出し、実家に戻って帰らぬ日も多かったという。

その日、嫁は家にいた。

ただ、体調が思わしくなく、床に臥せっていたらしい。

昼頃になって、突然孫四郎が戻った。そして、

「母《ガガ》は、どうしても生かしておく訳にはいかない。今日こそはきっと殺すからな」

と言った。

嫁は驚いたが、当然戯《たわむ》れだろうと思った。しかしそのうち夫は大きな草刈り鎌を出して、ごしごしと念入りに研ぎ始めたのだそうである。

明らかに様子がおかしかった。

狂ったように鎌を研ぐ夫を見て、嫁も徐々に冗談とは思えなくなってきた。母親もそう思ったのだろう。

孫四郎の母親は青くなり、あれこれと言い訳をして詫びた。しかし孫四郎はまったく耳を貸さず、ただ鎌を研いでいる。嫁も愈々《いよいよ》恐ろしくなり、寝床から起き出して馬鹿なことはやめるように夫を諫めた。

母は只管《ひたすら》に詫び、妻は泣いて止めたが、孫四郎は詫び言に耳を傾ける様子も一切なく、妻の箴言《しんげん》に従うこともなかった。母親は——。

逃げ出した。

いや、逃げ出そうとした。その様子を見て取った孫四郎は、玄関も裏口もすっかり閉めて、錠を下ろしてしまったのであった。逃走は失敗に終わった。

嫁と姑は、監禁されてしまったことになる。

母親は何とか逃れようと図り、便所に行かせてくれと頼んだ。孫四郎は外に出て便器がわりになるものを持って来ると、これにしろと言った。

逃げ出すことはできなかった。

そのうち、陽が落ちてきた。

夕暮れ近くになると母親は脱出することを諦めたらしく、暴れることも騒ぐことも止めて、大きな囲炉裏の縁に蹲《うずくま》って泣き始めた。

時が過ぎ、夜も更けた頃。研ぎ澄まされた鋭い大鎌を手にした孫四郎は、ただされざめと泣く母親の傍《そば》に、ゆっくりと近づいた。

孫四郎は。

まず、母親の左の肩口目掛け、横に薙《な》ぎ払うようにして斬り付けた。しかし鎌の刃先が囲炉裏の上の火棚に引っ掛かってしまい、よく斬れなかった。

母親はきゃあ、と悲鳴を上げた。

同時刻、深山で兄弥之助が聞いたのと、それは同じような叫び声であったという。

孫四郎は悲鳴にも臆することなく鎌を振り上げ、二度目は右肩先からざっくりと斬り下ろした。それでも母親は死ななかった。そこに徒《ただ》ならぬ様子を察した村人達が様子を窺いに現れた。村人達は慌て驚き、数名で孫四郎を取り押さえると、直ちに警官を喚びに走った。警官はすぐに駆け付けて、孫四郎は捕縛された。

その時、母親はまだ生きていた。

滝のように血が流れ、囲炉裏端は真っ赤に染まっていた。血塗《ちまみ》れの瀕死の母は、引き立てられる我が子の姿を霞《かす》む目で認めて、

「私はこのまま死んでも、恨みに思うようなことはないから。だから、孫四郎を許してやっておくれ」

と、息も絶え絶えに言ったそうである。

こんな目に遭ってもなお息子を案じる母の最期の言葉に、その場にいた者は皆心を動かされたそうである。しかし、当の孫四郎は母を切り裂いた鎌を振り上げ、巡査を追い回して暴れた。

丁度、警官が刀を持つことを禁じられていた時期のことである。当時の警官は警棒しか持っていなかった訳だから、連行するのも大変だったという。

だが孫四郎は、狂人と判断され、すぐに釈放された。

そして、母を殺した家に、今も普通に暮らしている。

九十六

遠野の町に芳公馬鹿《よしこうばか》と呼ばれる三十五六の男がいた。本名は判らない。この男は周囲から白痴と謂われていた。一昨年までは生きて、遠野に暮らしていた。

芳公には妙な癖があった。路上で木の切れ端や塵芥《ごみ》などを拾って、観察するのである。手で弄《いじ》くり回し、捻《ひね》り回して、つくづくと見詰め、匂いまで嗅《か》ぐのである。

誰かの家を訪ねた時も、柱などを手でごしごし擦り、その手の匂いを嗅ぐ。手に持てるものはどんなものでも取り上げ、眼の先まで近付けて、にこにこと機嫌良さそうに矯《た》め《め》つ眇《すが》めつ見回し、折々に匂いを嗅ぐのだという。

もうひとつ。この芳公は、往来を歩いている途中に突然立ち止まって石塊《いしくれ》などを拾い上げ、その近辺の人家に投げ付け、けたたましい声で、火事だあと叫ぶことがあった。そうすると、ものを投げ付けられた家はその晩か明くる日の晩に、必ず出火するのだそうである。そうしたことが幾度も続いたので、やがてぶつけられた家も火の元に注意し、予防に努めるようになった。しかし、どんなに気を付けていても、火事を免れた家は一軒たりともなかったと謂う。

十二

土淵村山口に、新田乙蔵《にったおとぞう》という名の老人が住んでいる。村の人々は皆、乙爺《おとじい》と呼んでいる。今はもう九十に近い高齢で、しかも病気がちであり、死期も近いと謂われているようである。

この人は遠野郷の昔話を能《よ》く知っていて、自分が生きているうちに誰かに話しておきたい、伝え残したいと長年口癖のように言っている。自らの寿命が尽きかけているのを悟ったのか、近年益々その思いを強くしているのだという。

慥《たし》かに、遠野郷に点在する館の主たちの伝記や家々の盛衰に就いて、古来より遠野郷に伝えられている歌の数々、そして深山の伝説やその奥に棲んでいる者どもの物語など、この乙爺は実に詳しく知っていたのだそうである。

しかし、大変残念なことに乙爺の家は不潔で臭気が酷《ひど》く、乙爺本人もまた臭かったため、わざわざ立ち寄って話を聴く者はいないということであった。

この話を聞いた明治四十二年、乙爺は既に亡くなってしまっていたようである。

まことに惜しいことであった。

十三

この乙爺という老人は、数十年を山中で孤独に過ごした人であった。

元々は良い家柄に生まれたのだが、果たして何をしたものか若い頃に財産を総《すべ》て使い果たし、何もかも失って希望をも失くし、世の中との関わりを絶ったのである。

乙蔵は峠の上に小屋を掛け、往来する人に甘酒を売って食の活計《たつき》とした。駄賃付の仕事で山を越えて行く者達は、この翁を慕い、まるで父親に会うように接していたそうである。世の中との関わりを絶った途端に、世の中に受け入れられてしまったのである。

乙蔵は僅かでも収入に余分ができると峠から町まで降りて来て、酒を飲んだ。赤毛布《ゲット》で拵《こしら》えた袢纏《はんてん》を着込み赤い頭巾を被って、良い心持ちに酔うと町中を踊り歩いて山に帰った。皆に親しまれていたらしく巡査も咎めることをしなかったという。

乙蔵は長くそうした生活をしていたが、愈々《いよいよ》老衰して身体も儘《まま》ならなくなり、旧里《ふるさと》の土淵に帰った。しかし、子供達は全員北海道に働きに行ってしまっていたため、生家でも老人は独《ひと》りだった。晩年は哀れな暮らし振りだったようである。

四十三

一昨年(明治三十九年)の遠野新聞も、この事件の記事を載せている。

上郷村に熊《くま》という名の男がいた。

熊は狩猟の目的で、友人と連れ立って雪の日に六角牛に入山した。谷の深くまで進み、そこで大きな熊——動物の熊の足跡を見付けた。

この足跡の主を獲ろうということになり、手分けして痕跡を辿り、大熊を追跡することにした。

熊は一人で峰の方を捜した。

すると、とある岩の蔭から大きな熊がこちらを見ていた。

すぐ近くである。

これでは矢頃《やごろ》が取れない。銃を使うには距離が短《みじか》過ぎるのだった。

仕方がなく熊は銃を捨てた。

そして何を思ったか、熊は大熊に抱き付いたのだった。黙っていれば喰われるとでも思ったのだろうか。

人間の熊と獣の熊は組んず解れつし、共に雪の斜面を転がりながら谷の方へ滑落して行った。

連れの男はこれを見て、何とか助けようと思ったが、近寄ることもできない。手を差し伸べることも止めることもできない。

あれこれ試したがどうにも力及ばず、やがて熊と熊は同時に――。

谷川に落ちた。

人間の熊が下になり獣の熊が上になって、そのまま水中に沈んで行く。

その一瞬の隙を狙って、連れの男は銃を撃ち放った。

一発の銃弾は、見事に大熊に命中した。

獣の熊は水中に没する前に討ち取られた。

さて――人の熊はといえば、水に溺れることもなく、爪に因る傷を体中数箇所に受けてこそいたが、命に別状はなく、獲物の大熊を持って連れの男と共に生きて帰ったのだった。

九十五

松崎の菊池何某《なにがし》という今年四十三四になる男は、庭作りの名人である。山に入っては草花を掘り、自分の家の庭に植え替え、形が面白い岩などを見付けると、どんなに重いものでも家まで担いで持って来て、やはり庭に埋《い》ける。そうして工夫を凝らし、庭を作るのである。

ある日、この菊池何某はやや沈んだ気分だったらしい。そこで気晴らしでもしようと思い、家を出て、山に遊びに行くことにした。漫《そぞ》ろに山歩きをしている途中、菊池何某は今までついぞ見たことのない程の、それは美しい形状の岩を発見してしまった。その岩は、恰《あたか》も人の立ち姿のような形をしていた。大きさも丁度人間くらいである。しかも石工が彫ったものではなく、天然が偶然に生み出した形——自然石なのであった。正に奇岩珍石の部類である。

沈んだ気分は一気に晴れた。

平生よりの道楽である。この岩を持ち帰らずにはおられまい。

そう思った菊池何某は岩に手を掛けた。

しかし、これが思いの外に重い。非常に重たい。とても動かせない。しかし菊池何某はその石がどうしても欲しかった。その想いが高じ、菊池何某はついにこの岩を背負い上げ、我慢して十間《けん》ばかりよたよたと進んだ。気が遠くなる程に重い。腕が抜けそうに重い。重さが増しているような気がする。これは少し変だ。

菊池何某は、ふとその重さを怪しみ、路の傍《かたわ》らに石を下ろした。僅か十間歩いただけで草臥《くたび》れてしまい、菊池何某はその石に凭《もた》れ掛かるようにして身体を休ませた。すると。

菊池何某はそのままの姿勢で、石とともにすっと空中に浮くような、何とも言えない心持ちになった。まるで空中に浮かんでいるかのようである。このまま昇り続ければ、雲を突き抜けてしまう——そんな風にさえ思えた。実際、菊池何某の周囲はやけに明るく、清浄な感じのする景色に変わっていた。一面に花が咲き乱れ、何処からともなく大勢の人の声が聞こえていた。本当に——浮かんでいるのだ。

だが石は上昇を止《や》めなかった。

益々上に上って行く。

ああ、もう昇り切ったなと、何故か菊池何某はそう思った。その辺りで、菊池何某の意識は途切れた。何も判らなくなり、何も覚えていない。

どれくらいの時間が経ったものか――。

やがて、菊池何某は我に返った。

何が何だか判らない。どれくらい自失していたのかも判らなかった。

そこは、石を下ろした路肩であり、菊池何某は身体を休めた時と同じ姿勢で石に凭れているだけだった。

何とも不思議な石である。

こんな石を家の中に持ち込んでしまっては、果たしてどんな変事が起きるものか予測することもできない。菊池何某はそう考えた。そしてもう一度石を見た。

見て――。

怖くなって、菊池何某は家に逃げ帰った。

その石は未《ま》だその場所にある。

菊池何某は折々にその石を遠くから眺め、時に再び欲しくなることがあるのだそうである。でも、その度に堪えるのである。

七十七

山口の田尻長三郎《たじりちょうざぶろう》という家は、土淵村一番の物持ちである。

現在の当主である長三郎老人がまだ四十代だった頃、山口の大同こと大洞《おおほら》家の娘である、おひでの息子というのが亡くなった。その葬式の夜のことである。

念仏も終わり、人々は各《おのおの》に帰って行った。長三郎は話し好きだった所為か一人だけ後に残ってしまい、他の参列者より少し遅れて大同の家を出た。

すると。

雨垂れを受けるために軒下に置かれている雨落ち石を枕にして、仰臥している男がいる。長三郎はぎょっとして見直した。そんな処で寝るものはいない。酔っているのか、はたまた行き倒れかと長三郎は目を凝らした。

見知らぬ男である。しかも、生きているようには見えない。

その日は月明かりの冴えた晩であったので、具《つぶさ》に観察することができた。

月光に照らされたその男は、膝《ひざ》を立て、口を開けている。長三郎は豪胆な男であったから、騒ぎ立てることもせず、足先で突《つつ》いて寝ている男を揺り動かしてみた。

しかしされるが儘《まま》になっているだけで、起きるどころか身じろぎもしない。

死んでいるのだろうか。

軒の雨石を枕にしているのだから、身体の方は道を横断しているのである。これは大変に邪魔である。通行の妨げになっている。長三郎は結局、この男を跨ぎ越えて家に帰った。

一夜明けて、長三郎は朝のうちに大同の屋敷に行ってみた。気になったのである。

しかし、当然のように男の姿はなかった。倒れていた形跡も見当たらない。またそんなものを見たという人も、長三郎の他には誰もいなかった。

ただ、男が枕にしていた雨石の形や場所は、昨夜の記憶と寸分違わない。見覚えがある。そんなものを改めて観察することなどないだろうから、見たというのなら昨夜のことであるのだろう。ならば夢やまやかしではないのである。

「その男に手を掛けて、起こしてみるなりすれば良かったのです。何、多少は恐ろしく思ったのですよ。足の先で触れただけで済ませてしまったのですから。そのお蔭で何者の仕業なのか、思いもつかない」

長三郎は後にそう語った。

七十八

その田尻長三郎家の奉公人に、山口の長蔵《ちょうぞう》という男がいる。既に七十余歳であるが、今も健在である。

この長蔵、ある日夜遊びが過ぎ、帰りがかなり遅くなってしまったことがあった。

主家である田尻家の屋敷の門は、浜と町を繋ぐ街道である大槌往還《おおつちおうかん》に面して開いている。多少ばつの悪い気持ちで夜道を戻り、漸《ようや》くその門前に辿り着いた長蔵は、浜の方から歩いて来る人物に出逢った。

その人は雪合羽を着ていた。

雪合羽の男は、門に近付いた辺りで立ち止まった。長蔵は怪しんで様子を窺った。

男はしかし、田尻の家には入らず、すっと反対側に逸れて、往還を隔てた向かい側の畠地の方に進んだ。

――いや待て。

長蔵はそこで思い至った。

屋敷の向かい側には垣根があるはずだ。

真っ直ぐに畠に行くことなどできないはずである。

道を渡って確認して見れば、垣根は確《しっか》りと立っている。

乗り越えられる訳もない。

しかし、男はどこにも見えない。

屋敷の前の街道は一本道で、横道などない。

長蔵は急に怖くなり、家の裡《なか》に飛び込んで、主人の長三郎に今見たことを話した。

後になって聞いたところに拠れば、その夜、新張村《にいはりむら》の何某という者が浜に出掛けた帰りに馬から落ちて死んでいた。

死んだのは、丁度その時刻だったそうである。

七十九

この長蔵の父も、長蔵という名である。

長蔵は代々田尻家の奉公人なのである。

母であるおつねも、また同じ家に奉公していた。

夫婦共々、その子もまた田尻家に仕えていることになる。

先代の長蔵も、息子同様に怪しいものを見ているという。

ある日、先代もまた夜遊びに出た。しかし息子とは違い、父親の方はまだ宵の口に屋敷に戻っている。

門《かど》の口から敷地内に入ると、母屋と馬屋を繋ぐ洞《ほら》と呼ばれる建物の前の辺り、洞前《ほらまえ》と呼ばれる処に、誰かが立っている。

懐手をして、筒袖《つつそで》の袖口を下に垂らした男のようだった。

顔は茫漠《ぼうばく》として能《よ》く見えなかった。

先代長蔵は思った。

――こいつは女房のおつねの処に通って来たヨバイト――間男ではないのか。

それなら勘弁できぬことである。他人の女房に懸想して、亭主の留守に夜這いをかけようなど、そんな了見の者を見過ごす訳にはいかない。

先代の長蔵は、つかつかとわざと跫《あしおと》を立てて、男に近付いた。

自分に気付けば裏の方に逃げるだろう——と、長蔵は考えた。

亭主に見付かって逃げぬ夜這いはない。未遂であるなら見逃してもやろうと、そう思ったのである。

ところが、男は逃げるどころか裏口とは反対方向、右手の玄関口の方に移動した。

却って逃げ難《にく》い場所である。

——こいつは、人を馬鹿にしている。

長蔵にはそうとしか思えなかった。あまりに肚立《はらだ》たしいので、長蔵は見過ごす気も失せて、更に男に近付いた。もう袋の鼠である。逃げ場はない。自らそこに進んだのだから自業自得である。

しかし。

男は懐手のまま後ずさりした。そして、すっと家の中に入ってしまった。

玄関の戸は、三寸ばかりしか開いていないのに、である。男はその隙間から母屋に侵入したのだ。

しかし頭に血が上っていた長蔵はそれを不思議とも何とも思わなかった。この野郎めと思っただけである。

長蔵はその戸の隙間に手を差し入れ、中を探った。

戸は三寸ばかり開いていたが、内側の障子はぴったりと閉じていた。

家の中には入っていない。いや、入れないのだ。そもそも三寸ばかりの隙間から人が入れる訳がないではないか。

長蔵は、そこで漸く恐怖を感じた。

あれは――。

何だ。

長蔵は玄関から少し離れて引き下がった。つうっと上の方を見ると。

玄関の上方に渡った長押《なげし》の上――雲壁《くもかべ》の処に、男がぴたりと張り付いていて、長蔵を見下ろしていた。男は首を低く垂れて、長蔵の頭に触れんばかりに近付けた。

男の眼の玉は、その顔から一尺余りも抜け出ているように見えた。

その後どうなったのかは判らない。しかし、この時はただ恐ろしかっただけだそうである。また、この出来事は何かの前触れという訳でもなかったようである。

その後は何もなかったからである。

八十

長蔵の体験を能《よ》く理解するために、田尻家の間取りを図で示しておく必要があるだろう。

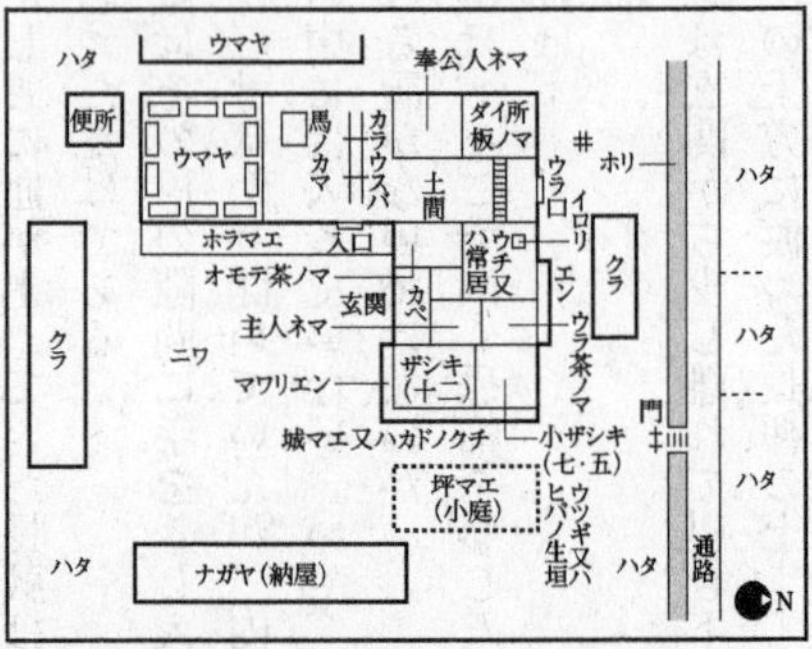

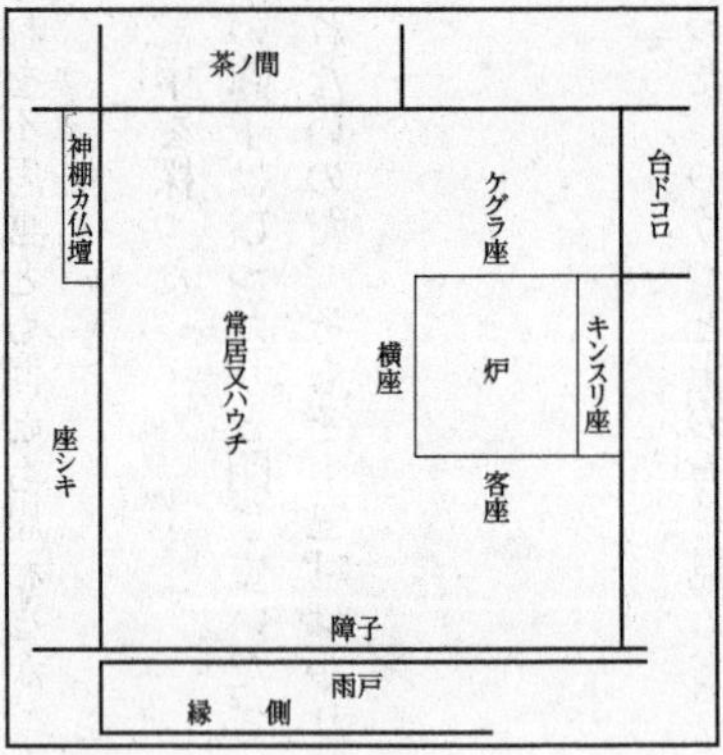

遠野一郷の家の建て方は、いずれもこの田尻家とほぼ同じものである。間取りも大同小異と言って良いだろう。家が鍵の手型に曲げられて建てられていることから、曲がり屋と謂う者もある。遠野地方を旅して最も心に残るのは、この家の有様と言っても良いかもしれない。

田尻家の門は北向きであるが、通例では東向きに建てる。図上の廏舎の辺りにあると考えれば良い。

門のことを城前と呼び、屋敷の周囲は畠で、通常は塀や垣根など、囲いの類いは設けない。主人の寝室とウチと呼ばれる居間の間に、小さい室《へや》がある。大変に狭い上に窓もなく暗い。そこは座頭《ざとう》部屋と呼ばれている。

その昔、家で宴会が催される折には座頭を喚ぶのが通例であった。その座頭を待たせておくために造られた部屋なのだそうである。

八十二

田尻家の息子は、名を丸吉という。

その田尻丸吉が少年の頃の、ある夜のことである。

丸吉が体験したことであった。家族と共に常居《じょうい》と呼ばれる部屋——所謂《いわゆる》居間にいた丸吉は、その時便所に行こうとしたのであった。便所に行くためには茶の間を抜けなければならない。茶の間に入ると、座敷との境に人が立っていた。

慥《たし》かに人なのだが、どうにも茫《ぼう》としていて、幽《かす》かに思える。

衣類の縞も、目鼻もはっきりと見えているのだが、何故か朦朧《もうろう》と感じられる。

髪の毛を垂らした、恐ろしげな人であった。

怖かったのだが、何故か丸吉は手を伸ばし、その人に触ろうとした。しかし触ることはできなかった。伸ばした手で探ると、手はその人ではなく後ろの板戸に突き当たる。動かせば板戸ががたがたと鳴る。そのまま手を動かせば戸の桟に触れることもできる。でも。

手と板戸の間には、その人がいる。

丸吉の手は丸吉には見えていない。その怖い人が、手の上に影のように重なっているのである。手がその人を掏《す》り抜けているとしか思えない。試《ため》しにその人の顔の処まで手を上げてみると、やはり上げた手の上にその人の顔はあった。手の先は顔を通り抜けて向こう側に出ている。

おかしい。

丸吉少年は常居まで戻り、家族にその不思議な人のことを話した。家人は怪しみ、行燈を持って茶の間まで確かめに行った。しかし、その時にはもう何者もいなかったという。

この田尻丸吉という人は近代的なものの考え方をする人間で、極めて怜悧《れいり》な人でもある。また、虚言癖などもない。

本当のことなのだろう。

八十一

この田尻丸吉と昵懇《じっこん》の間柄だったという、前川万吉という人がいた。栃内の宇野崎《うのざき》に住む人で、二三年前に三十余歳で亡くなった。その万吉が生前、丸吉に語ったことである。

この万吉も、死ぬ二三年前に怪しいものを見ている。

万吉もまた、夜遊びの帰りにそれと出遭ったのだそうである。

六月の、月夜のことであった。万吉が門《かど》の口から家の敷地に入り、廻り縁に沿って家の角まで進んだ、その時。皓々《こうこう》と照らす月を見上げたものか、万吉は何気なく上の方に顔を向けた。すると、雲壁にひたと張り付いて、男が寝ていた。蒼ざめた顔色の男であった。

万吉は魂《たまげ》消て腰を抜かし、それから少し病み付いたそうだが、それだけだったようである。これもまた何の前兆とも思えない出来事であった。

七十六

燐寸《マッチ》工場があった離森の長者屋敷近辺は、その昔ある長者が住んでいた処の址だと謂われている。だからその名が付いたのである。

近くに糠森《ぬかのもり》という山もある。

これは、長者の家が捨てた糠が積もってできた山だと謂われている。

この糠森山には五つ葉のウツギが生えている処があると伝えられる。

そのウツギの下には、黄金が埋めてあるのだという。

その言い伝えを信じ、今でも稀にそのウツギの在処を探し求め、山中を歩き回る者がいるそうである。

この長者というのは、昔の金山師だったのだろうか。

この辺りには踏鞴《たたら》で砂鉄や鉄鉱石を溶かし、製鉄をする際に出る鉱滓《こうさい》がある。鉄を吹いていたのかもしれない。栃内村恩徳《おんどく》にある金山も、この糠森から山続きだし、そう遠くない場所である。

八十四

佐々木君の祖父は七十幾つで三四年前に亡くなった。

その人が青年の頃というから、嘉永《かえい》くらいのことになるのだろうか。陸中の海岸には西洋人が多数往来していたという。釜石にも山田にも西洋館が建っていた。船越《ふなこし》半島の突端にも西洋人が住んでいたという。

耶蘇《やそ》教は秘密裏に信仰されており、遠野郷でも基督《きりすと》を奉じ、信心して磔《はりつけ》になった者があるということである。浜に行って異国人の様子を見て来た人は、口々に、

「異人は能《よ》く抱き合っては、嘗《な》め合う者どもだ」

と言ったそうである。

今でもそうした話をする老人はいるようである。

海岸の地方では、外国人との合《あい》の子が中々に多いということである。

八十五

土淵村の柏崎には、両親とも正真正銘の日本人であるにも拘らず、白子が二人続けて生まれた家がある。

髪の色も肌の色も眼の色も、西洋人とそっくり同じである。

現在は二十六七になるだろうか。

地元で農業を営んでいるという。

発する声も、土地の人とは違っていて、細くて鋭いと聞く。

五十

死助《しすけ》の山に、カッコ花という花が咲く。
遠野郷でも珍しい花である。
五月、閑古鳥《かんこどり》の啼く頃になると、女や子供はこの花を採りに山へ行く。
酸漿《ほおずき》のように吹いて遊ぶ。
酢《す》の中に浸けておくと色が変わって、紫になる。
この花を採ることは、遠野の若者達の最も大きな愉《たの》しみなのである。

五十九

他の土地では河童《かっぱ》の顔は青いと謂う。

でも、遠野の河童の面は、真っ赤である。

佐々木君の曾《ひい》お婆さんがまだ幼かった頃。近所の友達と庭で遊んでいた時のことである。

庭には、胡桃《くるみ》の木が三本生えていた。

その胡桃の木の間に、真っ赤な色をした男の子の顔が覗いたことがある。

河童だったのだろう。その胡桃の木はまだ枯れず、大木になって佐々木君の家の庭に聳《そび》えている。佐々木家の屋敷の周囲の樹木は、全て胡桃だということである。

五十七

川岸の砂地に河童の足跡を見ることは、決して珍しいことではない。雨が降った日の翌日などには、特に能《よ》く見掛けるそうである。

その足跡は猿のそれに似ていて、親指が他の指と離れているから、形だけなら人間の手の跡のようにも見える。ただ大きさは三寸に満たない。それに、指先の方がくっきりと残らない。水搔きのようなものがある所為《せい》かもしれない。

五十八

小烏瀬川の姥子淵《うばこぶち》の近くに、新屋《しんや》の家《うち》という家号の家がある。

この家の者が、ある日馬を冷やすために姥子淵へ行った。連れて行った馬を水に浸すと、馬を曳いて来た者は何処かに遊びに行ってしまった。

馬だけが残った。

その間に。

置き去りにされた馬に河童が取り付いた。馬を淵の中に引き摺り込もうとしたのである。しかし馬の力は強く、河童は逆に引き摺られて陸《おか》に上がり、遂に廏の前まで連れて来られてしまった。人に見付かってはいけないと思ったか、河童は伏せた馬槽《ばそう》を被って身を覆い、隠れた。馬槽とは秣《まぐさ》を入れる飼葉桶《かいばおけ》のことである。

新屋の家の者は馬槽が伏せてあるのを見て怪しく思った。縁を持って少し持ち上げてみると——。

河童の手が出た。

すぐに騒ぎになり、村中の者が集まった。

さてこの河童め、殺してやろうか、それとも赦してやろうか、と、村人達はその場で評議を始めた。

結局、今後は村中の馬に悪戯をしないと堅く約束させて放してやることになった。

その河童は、今はもう村にはいない。

姥子淵を離れて、相沢の滝の淵に移り住んだのだと伝えられている。

五十五

遠野の川には河童が多く棲んでいる。

猿ヶ石川には特に多いという。

河童は、人を孕《はら》ませる。

松崎村の川縁《かわべり》には、母娘二代が続けて河童の子を身籠もった家があるという。

産まれた子供は斬り刻んで一升樽に入れ、土深く埋めたそうである。

河童の子というのは極めて醜怪な姿なのだそうである。

河童の子を孕んだ女の婿というのは新張村の何某《なにがし》という男で、この男の実家も川の端《はた》にあるそうである。その何某本人が、妻が河童の子を宿すに至った一部始終を人に語っている。

次のような顚末であったという。

ある日の夕暮れ。家の者一同が畠仕事をしたその帰りのこと。

その家の娘——男の妻が、ふらふらと川の方に行き、汀《みぎわ》に至って蹲《うずくま》った。

娘はにこにこと笑っていたという。

翌日の午《ひる》、昼食休みの最中にも娘はまた川に行き、蹲《うずくま》って笑う。いったいどうしたことかと一同は訝《いぶか》しんだが、それだけのことであるから、これといって手の打ちようもなかった。娘に問い質しても何とも埒《らち》が明かない。そうしているうちに日を重ね、やがて妙な噂が立つようになった。

間男が通っているという噂であった。

その娘の許に、村の何某という男が夜な夜な通っていると謂うのである。

その噂は、真実だった。

初めのうち、情夫は婿の留守を窺って通って来ていたらしい。婿が浜の方へ駄賃付に出掛けた日などに来るのである。しかし次第に間が詰まり、終《しま》いには婿が横に寝ているというのに通って来て情を交わすようになった。何故か、防ぎようがなかった。やがて、あの家に通っているのは河童だという評判が立った。その噂は徐々に広がり、家の者はほとほと困り果て、一族郎党が集まって娘を守ったが何の甲斐もない。

見兼ねた婿の母親もやって来て、嫁である娘のすぐ横に寝て見張ったりもしたのだが、どうしようもなかった。深夜、娘が笑う声がするので、さては来たかと身構えるが、動けないのだそうである。金縛りに遭ったように身動きが取れず、何者かが来ていることだけは判っているのだが、手の施しようがないのである。

一族の者どもは万策尽きて、為すが儘《まま》にするよりなかった。

やがて、娘は懐妊した。

夫の子なのか、怪しい者の子なのかは判らなかった。

月が満ち、愈々出産するに至ったが、これが難産だった。

見兼ねたある人が、

「馬槽《ばそう》に水を張って、その中で産めば安産になる」

と助言した。その通りに試してみると、その通り、実際に子はすぐに生まれた。

生まれたのだが――。

その赤ん坊の手には水掻きがあった。

河童の子だったのである。

実は、この娘の母もまた、若い頃に河童の子を産んだことがあったのである。間男が河童であるという噂が立ったのもその所為なのであった。これは二代や三代で終わる因縁ではないと言う者もあった。

敢えて名は伏せるが、この家は豪農であり、当主も柔和な人柄である。士族でもあり、村会議員も務めたこともあるという。

五十六

上郷村の何某という家の娘も、河童らしきものの子を産んだという噂がある。確かな証拠こそないのだが、産まれた子は全身真っ赤で、口は大きく、真《まこと》に厭な感じのする、気味の悪い子だったそうである。

あまりにも忌まわしいので棄ててしまおうと決め、その家の者はこの不吉な子を携えて、村外れの道違《みちたが》えの処まで持って行った。道違えというのは追い分け、つまり分かれ道の分岐点のことである。

道の分かれ目に赤子を置き去りにした。

振り向かずに歩いて一間ばかり離れ、そこで何某はふと思い直した。

惜しくなったのだ。可哀想に思った訳ではない。見世物小屋にでも売り払えば金になるだろうと、そう思ったのである。

欲に駆られて立ち戻ったが、もう赤ん坊の姿は見えなくなっていた。

何者かが取り隠してしまったのだと、その人は思ったそうである。

四十五

歳《とし》を経《へ》た動物は、様々に怪しい行いをする。それを経立《ふったち》と呼ぶ。猿の経立は、能《よ》く人に似て、女色を好み、村里の婦人を盗み去ると謂う。松脂を体毛に塗り、その上から砂を付けて固めているから、毛皮は鎧《よろい》のように硬くなっていて、鉄砲の弾も通らないのだと謂う。

四十四

六角牛の峰続きに橋野《はしの》という村がある。

その橋野村から上った山場には、金坑がある。この鉱山で使うための炭を焼いて暮らしを立てている男がいた。

男は笛を吹くのが得意であった。

その日、男は暇であったのか、昼日中から炭小屋に籠り、仰向けに寝転がって笛を吹いていた。すると、小屋の入り口を蔽《おお》った垂れ菰《こも》を持ち上げる者がいる。

驚いて何者かと目を遣れば、猿の経立であった。

ぞっとして起き上がり座り直すと、猿は徐《おもむろ》に小屋を離れ、そのまま彼方に走り去ってしまったそうである。

四十六

栃内村の林崎《はやしざき》に住む何某《なにがし》という男の話である。

十年あまり前のことだという。

その男は六角牛山に鹿を撃ちに入った。鹿を誘き出すため、男はオキと呼ばれる雌鹿の泣き声に似た音を出す鹿笛を吹いた。

すると、猿の経立が現れた。

猿は男の吹く笛を本物の鹿と間違えたのだろう。大きな口をカッと開けて、峯の方から男目掛けて一直線に下って来た。

男は胆《きも》を潰して笛を吹くのを止めた。

猿は目標を失ってしまった所為か、大きく逸れて、谷の方に向け走って行ったそうである。

四十七

この地方では、普段から子供を威す時には、

「六角牛の猿の経立が来るぞ」

と言う。

それは常套句になっている。

この地方の山にはそれ程に猿が多い。

緒桛《おがせ》の滝を見に行くならば、崖の樹の梢《こずえ》にぞろぞろと居並ぶ、数多《あまた》の猿を見ることができる。

猿どもは人の姿を見ると逃げるが、逃げながらも木の実などを擲《なげう》って来るものである。

四十八

仙人峠《せんにんとうげ》にも沢山の猿がいる。
猿は峠を行き来する人目掛け、戯《たわむ》れに石礫《いしつぶて》を打ち付けて来るという。

三十六

猿の経立は恐ろしいものだが、御犬《おいぬ》の経立もまた恐ろしいものである。

御犬とは、狼のことである。

山口村の近くにある二ツ石山《ふたついしやま》は、その名の通りの岩山である。

とある雨の日、小学校から帰る途中の子供達が、この山を見上げた。すると、処どころの岩の上に、その御犬が蹲《うずくま》っている。

暫く見ていると、やがて御犬は首を下から押し上げるようにして、代わる代わる吠え始めた。正面から見ると、まるで生まれたての馬程もあるように見える。

大きくて、怖い。

しかし、後ろから見るなら、存外に小さく見えるのだと謂う。

御犬の唸《うな》り声程、物凄くて恐ろしげなものはないだろう。

三十七

駄賃付の馬を追う者は、境木峠と和山峠の間で屢々《しばしば》狼に遭うと謂う。馬方などは、夜行する際は大抵十人ばかりが組になって往く。一人の馬方が曳く馬は、一端綱《ひとはづな》といって凡《およ》そ五頭、多くても六七頭だそうである。だから夜に移動する馬方達は、常時四五十頭からの馬を連れていることになる。

ある時。

二三百もの狼の大群が、後方から馬方達を襲った。

その足音たるや、山も響動《どよめ》くばかりであった。あまりの恐ろしさに馬も人も一箇所に集まり、周りにぐるりと火を燃やし、狼の襲撃を防ごうとした。ところが、狼はその炎を躍《おど》り越え、次々と火の輪の中に飛び込んで来る。

終いに馬方達は馬の手綱を解き、その綱を炎の内側に張り巡らせた。何の防護にもならないかと思われたが、狼どもはこれを穽《おとしあな》か何かと勘違いしたらしく、それから後はピタリと中に飛び入って来なくなった。しかし、遠くから馬方達を取り囲み、夜が明けるまで吠え続けたそうである。

三十八

小友《おとも》村の旧家の主人で、今も存命中の何某《なにがし》という老人がいる。

その老爺が町に行った帰りのこと。酒に酔っていい気持ちで歩いていると、頻《しき》りに御犬の吠え声が聞こえる。老爺は酔いに任せて、俺だって吠えられるとばかりにその声の真似をして、吠えた。

すると——。

どこまで行っても狼の声が聞こえる。どうも狼が吠えながら跡をつけて来ているように思えてならない。老爺は急に怖くなった。

急いで家まで戻ると、門扉を堅く閉ざし、建物の中に駆け込んで戸も閉め、鍵を掛けて、屋内で息を潜め、身を隠した。

狼は老爺の家の周りをぐるぐると廻りながら、ずっと吠えている。

生きた心地がしなかったという。

夜が明けて、漸く気配が消えたので、老爺は恐る恐る戸外に出てみた。

狼の姿はなかった。

しかし——。

見れば、馬小屋の土台の下の土が掘り返されている。それに、裡《なか》の様子もどうもおかしい。それに、血腥《ちなまぐさ》い。厭な予感がした。こんな処に穴はなかったし、また掘り返す意味もない。ならば。

狼が窩《あな》を穿《うが》ったのである。

その穴から厩舎の中に入り込んで、馬を喰ったのだ。

七頭いた馬は、総て喰い殺されていた。

この家の勢いはそれから徐々に衰え、家運もやや傾いたという。

三十九

佐々木君が幼い頃、祖父と二人で山に登った。その帰り道、村から然程遠くない谷川の岸の上に、それは大きな鹿が倒れているのを見た。

鹿の横腹は喰い破られており、そこからは湯気のようなものが立ち昇っていた。殺されて間もないものと思われた。

佐々木君の祖父は、

「これは狼が喰ったのだ。立派な鹿だから皮が欲しいところだけれども、御犬は必ずこの近所に隠れて見ているに相違ないから、皮だって取ることはできないよ」

と、言ったそうである。

四十

狼は、三寸ばかりの高さの草さえあれば身を隠すことができると謂われる。季節が移ろえば草木の色も変わる。叢《くさむら》や樹々の色が変化して行くのに合わせて、狼の毛の色も折節に変わり行くものなのである。

四十二

六角牛山の麓に、ヲバヤ、或いは板小屋と呼ばれている処がある。広々とした萱《かや》山である。屋根を葺くのに使う萱を共同で育てているのだ。村々の人が折々に萱を苅り取りに来る場所である。

ある年の秋。

飯豊村《いいでむら》の人達が萱を苅りにやって来た。萱を苅り取ると、岩穴が露《あらわ》になった。飯豊の者達はその中を覗き、狼の子が三匹ばかりいるのを見付けた。彼らはそのうち二匹を殺し、一匹を連れて帰った。

その夜――飯豊村の馬が狼に襲われた。そしてその日を境にして、飯豊の馬ばかりが狼に狙われ始めたのであった。他の村々の馬が害されることは全くないというのに飯豊衆の飼っている馬だけが襲われる。

狼の襲撃は止むことを知らなかった。馬は次々に喰われた。

これではやって行けないということになり、飯豊の人々は相談の上、狼狩りをすることにしたのであった。

平素より相撲ばかり取っている力自慢の鉄《てつ》という男を筆頭にして、狼狩りの一団が編成された。

一行がいざ狼を退治せんと野に出てみると、遠方に狼の一団らしき影が窺えた。大きい。雄狼らしかった。しかし雄の狼どもは遠くから様子を窺うばかりで、ちっとも近付いて来ない。ただ、草原の中にも気配だけはする。野原に潜んでいるのは、どうやら雌狼のようだった。

野を挟んで睨み合いを続けていると、叢からいきなり一匹の雌狼が飛び出して来て力自慢の鉄に襲い掛かった。鉄は咄嗟にワッポロ――上っ張りを脱ぎ、それを腕に巻き付けると、その拳をやにわに狼の口の中に突っ込んだ。狼は鉄の腕を嚙んだ。鉄はなおも強く腕を口中深くに突き入れた。

そして、突き入れながら助けを呼んだ。

しかし、誰も彼も恐ろしがって近寄らない。

そうしている間に、鉄の腕は狼の腹にまで達した。

狼は息絶える前、苦し紛《まぎ》れに鉄の腕骨を嚙み砕いたという。

狼はその場で死んだが、鉄も担がれて家に帰り、程なくして死んだそうである。

四十一

山女を撃ち殺した、和野の佐々木嘉兵衛翁が話してくれたことである。

ある年、嘉兵衛は境木越の大谷地方面へ狩りに出掛けた。嘉兵衛は、死助の方からずっと続く草原を進んだ。季節は晩秋であり、木の葉は散り尽くし、山肌も露《あらわ》になって寒々しい光景であった。その時。

向こうの峰より――。

何百という数の狼の群れが押し寄せて来るのが見えた。嘉兵衛は恐ろしさに堪え切れず、急いで近くの樹の梢に上って身を縮めた。足下の樹の側《そば》を夥《おびただ》しい数の狼が走り過ぎて行く、その跫《あしおと》だけが聞こえていた。

狼達は北へ向かった。

それより後、遠野郷の狼は、甚《はなは》だ少なくなったという。

遠野物語 remix

B part

序（三）

私（柳田）は遠野への想いが断ち切れず、昨年の八月、実際に遠野を旅してみた。花巻と遠野の間は十余里もあるのだが、その途中には三箇所程、町場があるだけである。あとはただ、青い青い山が聳《そび》え、原野が広がっている。

それだけである。

竈《かまど》の煙が立っていないということは、人が住んでいないということであろう。人煙の希少さという意味では、北海道の石狩平野よりも甚だしいように思えた。ただ、この有様は、新しく作られた道沿いに未《ま》だ住みつく者が少ないというだけのことなのかもしれない。そうも思った。

打って変わって、遠野の城下町は華やかで栄えている。煙霞《えんか》の街とでもいうのだろうか。

私（柳田）は、馬を駅亭《やど》の主人に借り受け、独《ひと》りで郊外の村々を巡ってみた。借りた馬は、黔《くろ》い海藻で編んだ虫除けの厚総《あつぶさ》が掛けられていた。馬が歩くたび、先に付けられた竹が揺れて虫を追う仕組みである。虻《あぶ》が多いのだそうだ。

猿ヶ石の渓谷は、土壌も肥えていて、また能《よ》く拓かれていた。路傍には数多くの石塔が建てられている。私はこれ程多くの石塔が居並ぶ情景というのを、他の地域で見たことがない。

高みに至って盆地を見渡せば、早稲《わせ》はまさに熟しており、晩稲《ばんとう》は花盛りである。しかし不要な田の水はすっかり落ちていて、川に流れ込んでいる。実に見事な田園風景であった。田圃の色合いというのは、植えられた稲の種類によって様々に変わる。三つ、四つ、五つと同じ稲の色の田が続いている場合、それは即ち同じ家が所有している田ということなのである。これは、名処《みょうしょ》が同じ——ということになる。名処というのは、小字《こあざ》より更に小さく分けられた土地の区分と考えれば良い。こうした狭い区域にもそれぞれ名前は付けられているのだが、持ち主でない者には判らないことが多い。ただ古い売買譲与の証文などを覧ると、必ず書かれているものである。

峠を越えて、附馬牛の谷に至れば、早池峰の山は淡く霞む。だが、その形は菅笠のように整っている。片仮名のへの字にも似ている。

この谷では、熟稲《じゅくとう》が更に遅い。田は満目一色に、未《ま》だ青い。

青々とした田の中程の、細い畦道《あぜみち》を歩いてみた。

目の前を雛《ひな》を連れた見知らぬ鳥が横切った。

雛の色は黒く、白い羽が混じっている。初めは小さな鶏《にわとり》かと思った。しかし溝の草に隠れて見えなくなってしまったから、鶏ではない。野鳥なのである。

天神の山では祭りを行っていた。

獅子踊りというものを奉納するのだ。

祭りは村を活《い》き活きとさせる。激しい踊りが軽く塵《ちり》を舞い立たせ、僅かにひらめく衣装の紅が、村一面を覆った緑に映えて、それは美しい。

獅子踊りの獅子とは、鹿のことだ。鹿の舞いなのだ。鹿の角を付け、面を被った五六人の童子が、剣を抜き、一緒に舞う。揃って踊る。笛の調子が高く響く。反対に歌声は低く、すぐ傍《そば》にいても歌詞を聞き取るのは難しかった。

やがて、陽が傾いてきた。

風も吹き始めている。

そうなると、酔った男共が人を呼ぶ声も何処か淋しく聞こえ始める。女達の笑い声や、子供達の走り回る様も、すぐそこの嬌声であり、目の前の情景であるのに、何故か遠くのものごとのように思えて来る。旅情が掻き立てられる。

これこそを旅愁というのだろう。

それは如何《いかん》ともしがたいものだ。

帰路に就き、峠に差し掛かる。馬上から眺めると、遠くの村々に旗が掲げられているのを見ることができる。

その年に新しい仏が出た家は、盂蘭盆《うらぼん》に紅白の旗を高く掲げる風習があるのだ。

魂を招くのだという。

東から西へ、指差して旗を数えてみる。

その数は十数に及んだ。

永住の地であった村を去ろうとしている死者と、仮初《かりそ》めにこの地を踏んだ私（柳田）のような旅人と、そして、悠久の威容を誇る霊山とを、徐《おもむろ》に訪れた黄昏が包み込む。凡ては渾然として、私（柳田）もまた、遠野の夕闇に紛れてしまった。

里に戻れば、既に夜の帳《とばり》が下りていた。

遠野郷には、八箇所の観音堂《かんのんどう》がある。

観音堂に納められた観音像は、どれも一本の木を削って作られたものだという。

その日は、報賽《ほうさい》のための参拝者が多数、観音堂に集っていた。

岡の上には参拝者が掲げる多くの燈火《とうか》が見える。

伏鐘《ふせがね》の音《ね》も聞こえて来る。

観音様にお礼をしているのである。

村外れの分かれ道を、道違《みちたが》えと呼ぶ。その分かれ道あたりを通り掛かると、叢の中に人が寝ている。驚いて能《よ》く見ればそれは人ではなく、人形なのだった。雨風祭という行事の時に使う藁人形《わらにんぎょう》が、置き去りにされていたのだ。

まるで、草臥《くたび》れた人が仰向けに寝ているようであった。

やがて、

神も、仏も、死者も、旅人も。

遠野の夜に呑み込まれてしまった。

これが私（柳田）が遠野行から得た、印象である。

九十八

路の傍に、山の神、田の神、塞《さえ》の神の名を彫り付けた石塔を建てるのは、遠野ではごく当たり前のことである。

早池峰山、六角牛山の名を刻んだ石塔もある。山の名を刻んだ碑は、遠野郷というよりも、山を越えた陸中の浜の方に多く見られるようである。

二十六

土淵村柏崎の阿部《あべ》氏は、田圃《たんぼ》の家《いえ》という家号で呼ばれている。水田を沢山《たくさん》所有しているからそう呼ばれるのであろう。

この阿部家は、音に聞こえた旧家でもある。

この阿部家の先代は、まことに彫刻の巧みな人であった。

遠野一郷の神像、仏像の中には、この人が作ったものが大変に多くあるという。

百二

正月十五日の晩を小正月と謂う。

この小正月の宵には、子供達が福の神になる。

福の神は四五人で群れを作り、袋を持って村の家々を回る。

戸口の前に立って、

「明けの方から福の神が舞い込んだァ」

と、口々に唱えるのである。

福の神が訪れた家は、その小さな神々に餅を渡さなければならない。子供達は餅を貰って、宵が過ぎる前に帰る。

宵が過ぎてしまうと、大変なことになってしまうからである。

この晩に限って人々は決して戸外に出ない。

小正月の晩に外に出ることは禁じられているのだ。

小正月の夜半過ぎには、山の神が出歩いて遊ぶのだと言い伝えられている。遊戯する神の姿を人が見ることは、固く禁じられているのである。

山口の字丸古立《まるこだち》に、おまさという名の女が住んでいる。このおまさがまだ十二三の小娘であった頃の話である。

どういう訳かその年、おまさはたった一人で福の神をやっていた。

普通は数人で組になるのだが、何故か一人だった。逸《はぐ》れたのかもしれない。

おまさは一人で方々を回り、餅を貰った。そうしているうちに辺りは闇の色を濃くし始め、みるみる景色は夜になってしまった。

人っ子一人居ない。

淋しさに堪えつつ帰路についたおまさは、向こうの方から大きな人が来るのを。

見た。

その男は。

異様に背が高かった。

顔は、大いに赤く見えた。

眼が爛々《らんらん》と輝いていた所為かもしれなかった。

おまさはその男と擦れ違い、擦れ違いざまに袋を投げ捨てて家に逃げ帰って——。

暫くの間、大いに患《わずら》い付いて、床を離れることができなかったという。

百三

小正月の夜に里に出て遊ぶのは、雪女だという者もいる。

雪女は、小正月でなくとも冬の満月の夜には出るのだと謂う。

雪女は大勢の子供を引き連れて、何処からともなく里を訪れるのだそうだ。

遠野の里の子供達は、雪が積もれば近辺の丘に行き、橇《そり》遊びに興じる。〝そりっこあそび〟は子供の遊びの中でも格段に面白い。だから夢中になって、つい夜を迎えてしまうこともある。普段は大目に見られるが、十五日の晩だけは、

「雪女が出るから早く帰れ」

と、戒められるのである。

いつもいつもそう謂われる。だが、雪女を見たという人はとても少ない。

百四

小正月の晩には多くの行事があるという。

月見という、一種の占いがある。

先《ま》ず六つの胡桃の実を用意し、それぞれ割って、十二個にする。それを一斉に炉の火にくべて、一斉に引き上げ、一列に並べる。右から、正月、二月、三月四月と数えて行く。十二個の中にはいつまでも赤く燃えているものがある。その胡桃の示す月は満月の夜が晴れ渡るという。一方、すぐに黒く炭のようになってしまう月は、満月が曇る。風の強い月にあたる胡桃は、フーフーと音を立てて火の勢いが増す。

何遍繰り返しても同じ結果になる。

村中、どこの家で行っても同じ結果になる。

不思議なことである。

翌日はこの結果を示し合い、村で話し合いをする。例えば、八月十五日の夜風が強いと占いに出れば、その年の稲刈りを急ごうと決めたりするのである。

百五

世中見《よなかみ》という占いもある。

月見と同じく小正月の夜に行うものである。早稲《わせ》、中稲《なかて》、晩稲《おくて》と、米にも色々な種類があるが、その様々な米で餅を作り、円く拵《こしら》えて鏡餅にする。鏡餅を作ったのと同じ種類の米を膳の上に平らに敷き詰め、鏡餅をその上に載せ、鍋を被せる。

一晩そのまま置いて、結果は翌朝に見る。鍋を取り、それぞれの鏡餅を裏返して見る。餅に沢山米粒が付いていれば、その種類の米はその年には豊作となるという。米粒が少ないものは不作となる。この占いに拠って早中晩の種類を選び、今年はどれを作るか、品種を定めるのである。

十四

遠野の集落には、必ず旧家が一戸はある。所謂《いわゆる》、大同という家号で呼ばれる家々である。旧家である大同には、オクナイサマという神が祀られている。

この神の像は、桑の木を削って作られる。削った木の棒に顔を描き入れ、それをご神体として、真ん中に穴を空けた四角い布を被せる。神体をその穴に通し、布を衣装とするのである。その衣装は何枚も着せる。神様の晴れ着である。

正月十五日の小正月には小字の住人総てが大同の家に集い、このオクナイサマをお祀りするのである。

また、オシラサマという神もいる。

この神の像も同じようにして造り設け、やはり正月十五日に里人が集まってお祀りをする。

儀式の際、オシラサマの神像の顔の部分に白粉を塗ることもある。

大同の家には必ず畳一帖ばかりの部屋がある。

座頭部屋と呼ばれる、窓もない、暗い小さな部屋である。

この部屋で夜を明かすと、不思議なことが起きるという。

寝ている者が枕を返される──所謂〝枕返し〟などは普通に起こることである。時には突然何者かに抱き起こされたり、部屋から外に突き出されてしまうことまであると謂う。

その部屋では、凡そ静かに眠ることは許されないのである。

六十九

今の土淵村には、大同を家号とする家が二軒ある。

山口の大同は、当主を大洞万之《まんの》丞《じょう》という。彼は養子である。

この人の養母は名をおひでといって、佐々木君の祖母の姉に当たる人である。八十を超えた今も達者で暮らしている。このおひでという人は、魔法を使うのが上手なのだそうである。

例えば、咒《まじない》で蛇を殺したり、木の枝に留《と》まっている鳥を落としたりすることができるらしい。佐々木君も能《よ》く見せて貰ったそうである。そのおひで媼が昨年の旧暦正月十五日に語った話である。

昔。

ある処に貧しい百姓が住んでいた。妻は早くに亡くし、美しい娘が一人いた。

その百姓はまた、馬を一頭養っていた。一人娘はこの馬をいたく可愛がり、夜になれば厩舎に行って一緒に寝た。そして、遂に娘と馬は——夫婦になった。

ある夜、父親はこのことを知った。

馬は大切な家畜だが、畜生には違いない。人と馬とが契るなどということは許されることではない。父親は深く煩悶《はんもん》し、懊悩《おうのう》した揚げ句、翌朝娘に黙ったまま馬を連れ出し、桑の木に吊り下げて、殺した。

その夜。

娘は馬がいないのに気付き、父を問い詰めた。父親が真相を語ると、娘は激しく悲しみ、桑の木の下まで駆けて行くと、馬の死骸の首に取り縋《すが》って泣いた。その姿を見た父親は、娘を狂わせてしまった馬が憎くて堪らなくなり、家に戻って斧を持って来ると、力任せに馬の首を斬り落とした。すると。

その首は取り縋った娘を乗せたまま、忽ち天高く昇って——。

消えた。

オシラサマというのはこの時に神と成ったのだという。馬を吊り下げて殺した桑の木を削って神像を造ったのがオシラサマの始まりなのだ。その時に造られた像は三体あった。桑の枝の元の方で造った像は山口の大同、大洞家に今もあるオシラサマである。それを姉神と謂う。枝の中程で造った神像は、山崎の在家《ざいけ》権十郎《ごんじゅうろう》という人の家にあった。この家は佐々木君の伯母が嫁いだ家であったが、今は家系が絶えてしまって神像の行方は知れない。枝の末で造った妹神の像は、附馬牛村にあると謂う。

八十三

この山口の大同、大洞万之丞の家は、他の家とは建て方が多少異なっている。
それを図で示す。巽《たつみ》の方角に向かって玄関が開いており、極めて古い家である。
この家には、出して見れば祟りがあるという、古文書の葛籠《つづら》が一つある。

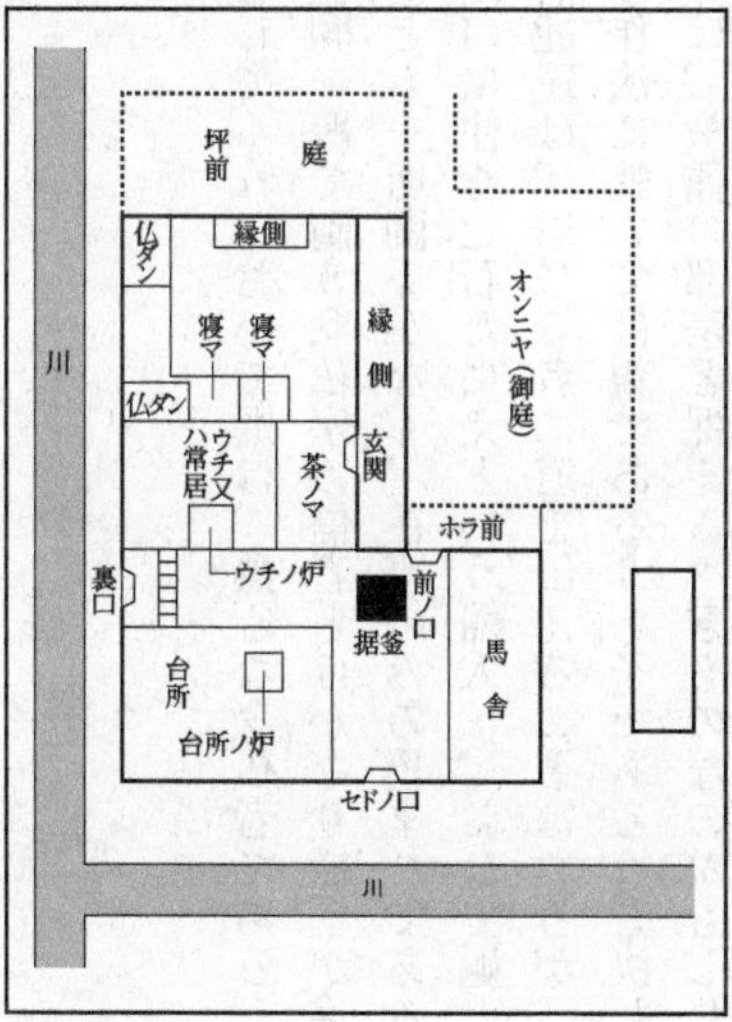

七十一

この話をしてくれたおひで嫗は、熱心な念仏者である。ただ、世間一般で謂う念仏宗の信者とはかなり様子が違っているらしい。その信仰は寺とも僧とも一切関係がなく、在家のみの集まりである。信者の数もそう多くはない。同じ山口に住む辷石《はねいし》たにえという婦人は、おひで嫗と同じ信心をする仲間であるらしい。信徒達は、信じる者に道を伝えることはあるが、互いに厳重に信仰の秘密を守り、その作法に就いては親であろうと子であろうと決して教えはしない。

その信仰は、一種の邪宗と捉えるべきものなのかもしれない。阿弥陀仏の斎日には、夜、人が寝静まるのを待ってから秘密の部屋に籠り、隠れて祈禱をする。隠れ念仏というべきだろうか。

ただ、魔法呪《まじない》をよく行うので、郷土一党の中にあっては一種の権威を持っているのである。

七十

そのおひで媼の話に拠ると、オクナイサマはオシラサマのある家には必ず一緒に祀られているものであるという。

しかし、オシラサマが祀られていないのに、オクナイサマのみ祀っている家というのはある。ただ、オクナイサマのお姿は家によって様々であるという。

山口の大同、大洞家のオクナイサマは木像だが、同じ山口でも辷石たにえの家に祀られているオクナイサマは掛け軸である。

田圃の家こと柏崎の阿部家に祀られているのは、また木像である。

飯豊の大同はオシラサマを祀っていないが、オクナイサマだけは祀っているのだという。

十五

オクナイサマを祀ることで、多くの幸が齎《もたら》されると人々は信じている。

土淵村大字柏崎の長者、田圃の家こと阿部家にも、次のような話が伝わっている。

ある年、水田を多く所有している阿部家では田植えの人手が足りずに困っていた。見れば空模様も怪しい。明日は天候も崩れそうである。天気が悪くなる前に植え切ってしまいたいのだが、後僅かというところで、どうにも間に合わない。田圃の家の人々は、齷齪《あくせく》と働きながら天を仰ぎ、

「こんな僅かばかり植え残してしまうのは残念だ」

と、呟いたものである。

そうしていると、何処からともなく背の低い小僧が一人現れた。小僧は自分にも田植えを手伝わせてくれと言った。何処の誰かは知らないが殊勝な心掛け、子供であるから大した役には立つまいが、いずれ手伝ってくれるというのであるから有り難いことではあると阿部の人達は考えた。そこで小僧の言うに任せ、好きに働いて貰うことにした。

すると、これが能《よ》く働く。

午《ひる》になったので休憩し、小僧にも昼飯を振る舞おうとしたが、姿が見えない。

さて何処に行ったかと思いつつ飯を喰い終わって、再び田植えに取りかかると、小僧はまた何処からともなく現れて、働いている。稲を植える前に土を均す代掻きなどは堂に入ったものである。小僧はそうして、終日働いてくれた。田植えはするすると進み、何とその日のうちに総ての田植えが終わってしまった。

「いやあ助かった、どこの人かは知らないが、お礼に晩のご飯でもご馳走しよう。是非来ておくれ」

阿部家の人は大いに喜んで小僧にそう言ったが、日暮れと同時にまた姿が見えなくなってしまった。何処を探しても影も形もない。

仕方なく家に戻ると、縁側に小さな泥の足跡が沢山付いている。

その足跡は縁側から上がり込み、座敷へと繋がっている。辿って行くと、オクナイサマの神棚の真下で足跡はぷつりと途切れていた。

「さては――」

と、思い神棚の扉を開けてみると――。

神像の腰から下が、田の泥に塗れていたという。

百十

ゴンゲサマというのは、神楽舞いの組ごとに一つずつ備わっている木彫りの像である。獅子頭に能《よ》く似ているが、少し異なっている。

これは、甚だ御利益のあるものである。

新張にある八幡神社の神楽組のゴンゲサマと、土淵村字五日市《いつかいち》の神楽組のゴンゲサマとが、かつて道の途中でかち合って喧嘩をした。その時は新張のゴンゲサマが負けて、片耳を失った。だから新張のゴンゲサマの耳は、今も片方ない。

毎年村々を舞って歩くため、これを見知らぬ者はいない。

ゴンゲサマの霊験は、特に火伏せに効き目があるようである。

その八幡社の神楽組が附馬牛村に行った際、日が暮れても宿が取れずに難儀したことがあった。やむなくある貧しい者の家に一夜の宿を乞うたところ、快く泊めてくれた。

五升枡を伏せて、その上にゴンゲサマを据置き、神楽組一行は休んだ。

皆がすっかり寝入ってしまった夜半のこと。

がつがつと物を咬むような音が響き渡ったので、一行は驚いて飛び起きた。

見れば、軒の端に火が燃えている。

その火を、ゴンゲサマが消しているのであった。

枡の上に据えられたゴンゲサマが、飛び上がり飛び上がり火を喰い消しているところを、一行は見てしまったのである。

頭痛持ちの子供がいる家でも、能《よ》くゴンゲサマを頼んで、子供の頭を咬んで貰うのだと聞く。

百九

盆の頃には雨風祭が行われる。藁で、人よりも大きな人形を造る。半紙に顔を描き入れて頭の処に貼り、瓜で陰陽それぞれの形を作って添える。男女を象るのである。その人形を村境の道の岐路《ちまた》まで送って行き、立てる。

虫送りの藁人形はもっと小さいし、このような細工はしない。

雨風祭が行われる際には集落全体の中から頭家《とうや》を択《えら》び定める。里人が集まって酒を酌み交わした後、一同が笛や太鼓で囃し立て人形を道の辻まで送って行くのである。

お囃子に使用する笛の中に、ホラと呼ばれるものがある。桐《きり》の木を刳《く》り貫《ぬ》いて作った笛で、これを高く吹き鳴らす。次のような歌詞の歌も唱えられる。

「二百十日の雨風祀るよ、どちの方さ祀る、北の方さ祀る」

韓国《かんこく》でも厲壇《れいだん》は必ず城の北方に作ると『東國與地勝覧《とうごくよちしょうらん》』にある。ともに、玄武神《げんぶしん》の信仰より来たものであろう。

十六

コンセサマを祀っている家も少なからずある。

コンセサマは金精様という意味だろう。

このご神体は、オコマサマと能《よ》く似ている。オコマサマというのは東日本に多く祀られる、馬を守護する神様である。こちらは御駒様と記すのだろう。オコマサマの社は里に多くある。

石や木で男性性器を象ったものを造って奉納するのだが、そうした風習も追々に減り、現在ではあまり見られなくなったようである。

七十二

栃内村の字琴畑《ことばた》は、小烏瀬川《おがらせがわ》の支流の水上、深山の沢にある小さな集落で、家の数も五軒ばかりしかない。この琴畑と栃内の村の中心部とは、二里も隔たっている。村外れなのである。

その琴畑の集落の入り口に、塚が一つある。その塚の上に、凡そ人と同じくらいの大きさの木彫りの座像がひとつ、ぽつんと置かれている。以前はお堂に安置されていたらしいのだが、今は雨曝《あまざら》しである。

これを、カクラサマという。

村の子供はこれを玩具《おもちゃ》にし、引き下ろして川に投げ入れたり、路上を引き摺り回ったり、悪戯《いたずら》もし放題であるから、今は目も鼻も摩滅して判らなくなっている。曲《ま》がり形《なり》にも祀られていたものへの所業とは思えない。しかし子供達の遊びを見咎めて、叱ったり戒めたりしてはいけないのである。子供達の悪戯《いたずら》を制した者は、反対に祟りを受けて病気になったりするという。子供と遊びたがる神仏は、他の土地にもある。カクラサマもそうなのだろう。

七十三

カクラサマの木像は、遠野郷の他の場所にもあるらしい。
栃内の字西内《にしない》にもある。
山口村の大洞にもあったと記憶している人もいる。
しかし、カクラサマを信仰する者は遠野郷には一人もいない。
その像も、粗末な彫刻であり、衣装や頭の飾りの有様もはっきりと判らない。
果たしてどんなお姿だったのか、今となっては知る由もない。

七十四

栃内のカクラサマは、琴畑と西内の大小二つだけである。山口にもあるというから、土淵村全体では三つか四つはあるのだろう。いずれのカクラサマも木造りの半身像で、鉈で拵えたような粗削りで不恰好なものばかりである。それでも人の顔だということだけは判る。

カクラサマというのは、神倉様のことだろうか。そうなら、神々が旅の途中で休息し給う場所のことであろうか。以前はそうした意味の名だったものが、その地に常にいらっしゃる神の名として残ったものなのかもしれない。

百十一

山口、飯豊、附馬牛の字荒川東禅寺《あらかわとうぜんじ》、及び火渡《ひわたり》、青笹の字中沢、並びに土淵村の字土淵の凡てに、ダンノハナという地名がある。そして、その近傍《きんぼう》には必ず蓮台野《デンデラノ》という土地がある。これは相対してあるものらしい。

昔は、六十を超えた老人は、皆この蓮台野に追い遣ってしまう風習があったのだそうである。老人達は、家を出されたからといって徒《いたずら》に死んでしまう訳にもいかないから、日中は里に下り、農作を手伝うなどして糊口《ここう》を凌いでいたという。

山口土淵の周辺では、朝に野良に出ることをハカダチと謂い、夕方野良から戻ることをハカアガリと謂う。これは墓発ち、墓上がりの意であるのかもしれない。そうなら古い因習の名残ということになる。

ダンノハナは壇の塙であろう。即ち、丘の上に築かれた塚という意味である。境の神を祀った場所であると私（柳田）は考えている。蓮台野も同様のものだろうという考察は『石神問答《しゃくじんもんどう》』にも記した。

百十二

ダンノハナはその昔、館《たて》があった時代に、囚人の首を斬った場所、つまり処刑場であったのだろうと謂われている。その地形は、山口も、土淵、飯豊もほぼ同じで、いずれも村境の岡の上である。

仙台にもこの地名はある。

山口のダンノハナは大洞へ越える丘の上にあり、館址《たてあと》からの地続きである。山口の民家を間に挟み、このダンノハナと相対した処に、蓮台野がある。蓮台野は四方を沢に囲まれている。東側はダンノハナとの間にある低地で、南側は星谷という、やはり低地である。星谷という地名は全国にあるが、星を祀った場所であろうか。

この星谷には、一名〝蝦夷屋敷《えぞやしき》〟と呼ばれる、四角く凹《くぼ》んだ場所が沢山ある。これは一種の遺構であり、自然の窪みではない。それは、凹み方がくっきりしていることからも明白である。ここからは石器も掘り出される。

石器や土器が出土する場所は山口内には二箇所ある。

一箇所がこの星谷、もう一箇所は小字をホウリョウという。

このホウリョウは何かの址という訳ではない。一町歩ばかりの狭い地域をそう呼んでいる。ホウリョウ権現という神は遠野を始め奥羽全域で祀られているもので、蛇神だというが名前の意味は解らない。法領、宝領などの字を当てることがある。

ホウリョウから出る土器と、蓮台野の星谷から出る土器とは、様式が全然異なっている。蓮台野の土器は技巧的なところが微塵もない素朴なものばかりであるが、ホウリョウの土器は模様なども巧みに刻まれた装飾的なものである。またホウリョウからは埴輪《はにわ》や石斧《いしおの》、石刀なども出土する。

一方、蓮台野付近からは、俗に〝蝦夷銭〟と呼ばれる、土で作った直径二寸程の銭のような形のものが多く見付かる。これにはごく単純な渦巻き紋などの模様が付いている。ホウリョウの方には、丸玉や管玉といった装飾品が出る。ホウリョウの石器は精巧に作られていて、石の質も統一されているが、蓮台野の付近のそれは、原料なども色々で、バラつきがある。

星谷の谷底にあたる土地は、今は水田になってしまっている。蝦夷屋敷はこの両側に連なるようにあるのだという。そこには、無闇に掘ると祟りがあるという場所が二箇所ばかりあるのだそうである。

他の村のダンノハナ、蓮台野の地形や位置関係も概ね同様のものである。

百十四

山口のダンノハナは、今は共同墓地になっている。岡の頂上にウツギをぐるりと巡らせて植え、それを囲みとしている。東側に入り口が作られており、門らしきものもある。中央には大きな青い石が据えてある。以前、一度その石の下を掘ってみたという者がいた。しかし何も発見できなかったそうである。後にもう一度試してみた者もいて、その時は大きな瓶《かめ》が埋まっているのを見たという。ただそれを聞いた村の老人達が大いに怒り、掘った者を散々に叱ったため、掘り出すことはせずにまた元の通りに埋め直したそうである。

その石は大昔の館《たて》の主の墓なのだろうと謂われる。

そこから一番近い館の名はボンシャサの館という。

幾つかの山を掘り割って水を引き、三重四重に堀を取り巡らせた館であった。寺屋《てらや》敷《しき》や砥《と》石森《いしもり》などという地名で呼ばれている。

山口の旧家、山口孫左衛門《まござえもん》の先祖はここに住んでいたそうである。

これらの話は『遠野古事記』に詳しい。

百十三

和野に、ジョウヅカ森という場所がある。

象を埋めた処であると謂う。象塚の意であろうか。

しかしジョウヅカという地名は全国にあり、定塚や庄塚、塩塚などと書くことが多い。これも境の神を祀った場所で、三途の川にいる葬頭河《しょうずか》婆などとも関わりのある地名であろうと、私（柳田）は考えている。但し、象坪《ぞうつぼ》などの象頭《ぞうず》神《しん》とも関わりはあるだろうから、象の伝説があるのも、強《あなが》ち無関係という訳ではないだろう。それについても『石神問答』に記した。塚を森と称するのは東国の習慣である。

この、和野のジョウヅカ森は、そこだけ地震の来ない場所として知られている。近在の者は、地震があったらジョウヅカ森へ逃げろと謂い伝えている。

だが、これは確実に人の亡骸を埋めた、墓である。

塚の周りには堀があり、塚の上には石がある。

この塚を掘れば、祟りがあると謂う。

四十九

仙人峠は登り十五里、降《くだ》りも十五里ある。ただ、この辺りの一里は小道《こみち》と呼ばれるもので、一般に三十六町を一里とするところ、六町を一里と数える。

その仙人峠の中程に、仙人の像を祀ったお堂があり、堂の壁には、古来ここを通った旅人が山中で出遭った不思議な出来事の数々が、連綿と書き識《しる》されている。

それが、昔からの習わしなのである。

例えば――。

我は越後の者であるが、何月何日の夜、この山路の途中で髪を垂らした若い女に出逢った、此方《こちら》を見てにこりと笑った――という具合である。また、この近辺で猿めに悪戯《いたずら》をされた、三人の盗賊に襲われた――などということまで記してある。

十七

遠野の旧家の中には、座敷童衆《ざしきわらし》という名の、一種の神が住んでいる家があると謂われている。

そう謂われる家は、決して少なくない。

この神は、折々に人の前にその姿を現すという。

多くは十二三歳ぐらいの子供の姿をしているという。

土淵村大字飯豊に、今淵勘十郎《いまぶちかんじゅうろう》という人が住んでいる。

今淵家の娘は高等女学校に通っており、平素は家にいないのだが、その時は偶々《たまたま》学校が休暇で、寄宿先から帰省していたのだそうである。

娘はその時、廊下でばったり座敷童衆と遭った。

家の者ではなかった。

たいそう驚いたのだそうだ。

その座敷童衆は、間違いなく男の子だったそうである。

いずれ、最近のできごとである。

佐々木君の家も同じ村の山口にある。

ある時、佐々木君のお母さんが一人で縫い物をしていた。すると、隣の部屋から紙をがさがささせるような音が聞こえたのだという。隣室は主の部屋であり、今は佐々木君が使っている。その佐々木君本人は東京に出掛けていて留守なのであった。

家にはお母さんしかいなかったのである。すわ泥棒かと怪しんだ佐々木君のお母さんは、意を決して腰を上げ、板戸を開けてみた。しかし、部屋の中には誰もいない。何にもいない。

暫くの間、お母さんはそこに座っていた。するると、隣の部屋から、こんどは鼻を鳴らすような音が聞こえてきた。洟水《はな》を啜っているのか、ぐすぐすという音が頻《しき》りに聞こえる。

ああ、座敷童衆だなと思ったそうである。

そういえば、佐々木君の家にもそれは住んでいるのだという噂が、随分前から流れていたのだそうである。

この神が宿る家は富貴自在、富も出世も思いのままであると謂われる。

十八

座敷童衆は、女の子の姿でも現れる。

同じ山口の旧家、山口孫左衛門の家では、長年に亘り、我が屋敷には童女の神が二人も住んでおわすのだと申し伝えていた。

ある年。

同じ村のある男が、用があって町まで出かけた。その帰り道のことである。

小烏瀬川の中程、留場《とめば》と呼ばれる辺りの用水路に小さな橋が架かっている。

その橋を渡れば村である。

そこで。男は足を止めた。

実に姿の佳《よ》い娘が二人、連れ立って歩いて来るのに行き合ったのである。村ではとんと見掛けぬ顔、見慣れぬ姿であった。他所《よそ》から村にやって来て、戻るところだろうか。身形《みなり》は良いのだが、二人の娘はともに浮かぬ顔をしていた。

橋を渡ろうとする娘達を呼び止め、男は尋ねた。

「お前達、何処から来た」

娘達は声を揃えて、

「あたし達は山口の孫左衛門の処から来た」

と、答えた。

孫左衛門の家にこんな娘はいない。孫左衛門の家の娘は一人娘で、もっと幼い。男は訝しく思い、それではお前達はこれから何処にいくのだと問うた。

すると娘達は、何処其処《どこそこ》村の何某《なにがし》の処へ行く、と答えた。

それは、土淵村からは少し離れた処で農家を営む人の名だったそうである。

男は、そこで察した。

この娘は人ではない。ならば。

孫左衛門の家もこれで終わりだと、男は思ったそうである。

それから間もなくして、孫左衛門の家は滅んだ。毒茸を食べて、使用人共々皆死んでしまったのである。ただ一人生き残った七つばかりの女の子も、縁付くことなく子も成さずに老いて、この間病で死んだのだそうである。

何処其処村の何某は、現在も立派な豪農として暮らしている。

二十

その、孫左衛門の家に起きた凶変には、前兆があったと謂われている。

ある時、男衆が苅って積んである秣《まぐさ》を三つ歯の鍬《くわ》で掻き出そうとした。鍬の歯を差し込んで秣を掻き回しているうち、男衆は秣の中に大きな蛇が潜んでいるのを見付けた。それは大きな蛇だった。男共が騒ぐのを聞き付けた孫左衛門が駆け付け、

「蛇は殺すな」

と制したのだが、男達は主人の言葉を聴かず、蛇を打ち殺してしまった。

すると――その蛇を殺した辺りの秣の下から数え切れない程の沢山の蛇が這い出して来て、のろのろと蠢《うごめ》いた。男共は面白半分にその無数の蛇も悉《ことごと》く殺してしまった。

さて、殺してはみたものの、大量の蛇の死骸を捨てる場所がない。

そのままにもできないので、屋敷の外に穴を掘って埋め、蛇塚を造った。

殺した蛇は簀《あじか》に何杯分もあったという。簀というのは野菜を運んだりする笊のようなものであるから、これは大量である。いったい何疋殺したのか、判らなかったそうである。

十九

蛇騒ぎの後のこと。

孫左衛門の家の庭にある梨の木の回りに、今度は見馴れない茸《きのこ》が沢山生えた。

男共はそれを見て、食べられるものか、食べられないものか、喰うか喰わぬかと議論を始めた。主である孫左衛門はその様子を見て、

「そんなものは喰わない方がいい」

と制した。しかし下男の一人が、

「どんな茸でも、苧殻《おがら》と一緒に水桶の中に入れて能《よ》く掻き混ぜ、その後に食べれば食中《あ》たりなどすることはありません」

と言い出した。

この言葉を家中が信じ、孫左衛門の家の者ほぼ全員が茸を喰ったのだった。

喰った全員が、死んだ。

七つになる娘は偶々家の外に遊びに行っており、何をしていたものか、つい遊びに気を取られ、昼食時に戻るのを忘れたために——助かったのだった。

村でも一二の物持ちだった孫左衛門家が不意に絶えてしまったので、村の人々は動転した。その騒ぎが収まる前に、噂を聞き付けた遠くの親戚やら近くの親戚やらが大勢押し掛けて来た。

そしてある者は、

「生前に貸しがあったのだ」

と言い、またある者は、

「生前に約束していたのだ」

などと口々に言って、家の中の物を持ち去って行ったのだった。気が付けば金品家財道具は疎か、味噌の類いまで根こそぎ持ち去られていたという。

山口村草分けの一族として代々孫左衛門を襲名して来た長者の家は、たった一日にして本当に跡形もなく滅び去ってしまったのだった。家系も絶えた。何代目かは判らないが、その代の孫左衛門は最後の孫左衛門となってしまったのである。

二十一

その最後の代の孫左衛門という人は、村では珍しく学識のある人物で、京都から和漢の書籍を取り寄せては読み耽《ふけ》っていたという。ただ学はあるものの、少々変わった人物として知られていた。

この孫左衛門がある時、狐と親しくなって財産を殖《ふ》やす方法というのを考案した。

そして彼はそれを実行に移した。

孫左衛門は先《ま》ず、家の庭に稲荷《いなり》の祠《ほこら》を建てた。その後に自ら京都に上《のぼ》って、伏見《ふしみ》稲荷大社より正一位稲荷神の神階を貰い請けて戻り、庭の祠にそれを勧請したのだそうだ。それから孫左衛門は毎日欠かさず庭の祠に参拝し、手ずから油揚げを一枚供えて一心に拝み続けた。

やがて、本当に狐が現れた。

手な付けているうち、狐も馴れたのか、そのうち孫左衛門に懐いた。孫左衛門が近付いても逃げもせず、手を伸ばして首を押さえても嫌がらなかったそうである。

それでも。

家は滅んだ。

その狐が何であったにせよ、孫左衛門の家を襲う災厄は除けられなかったということになる。

「狐なんか飼いならしたって何の御利益もないよ。あんなにお供えをしたのに一族郎党死に絶えてしまった。うちの薬師《やくし》如来《にょらい》様に、俺は何もお供えなんかしないけれどもね、孫左衛門のお稲荷さんよりはずっと御利益があるのさ」

村にある薬師堂の番人は、そう言ってことあるごとに孫左衛門を笑いものにしているそうである。

百

船越村の漁師何某《なにがし》は、ある日吉利吉里《きりきり》に行って用を済ませ、仲間と一緒に帰路に就いた。何やかやで予定よりも随分遅くなってしまい、殊更に険しいことで知られる四十《しじゅう》八坂《はちざか》の辺りに差し掛かる頃には、時刻は既に夜半を回っていたそうである。

漁師は、小川の流れている処で一人の女と出逢った。

見覚えのある女であった。

ハテ誰だったかと目を凝らせば、何のことはない自分の妻である。

——いや。

これはあり得ないと漁師は思った。

こんな夜中に、女房が一人でこのような場所に来る訳がない。来る理由がない。理由があったところで、女の脚でこんな険しい坂を昇り降りして、何喰わぬ顔をしておられる訳がない。妻である道理がない。

必定、これは化け物である——。

漁師はそう断じた。

そう思い定めた途端、見馴れた妻の顔は化け物にしか見えなくなった。漁師はやにわに魚切り包丁を取り出し、背後から女房を刺し通した。

妻は、実に哀しそうな声を上げて倒れ、死んだ。

死ねば必ずや正体を現すと、漁師は考えた。

しかし死骸は暫く経っても妻のままである。

漁師は段々に怖くなって来た、もしや自分は取り返しのつかぬことをしてしまったのではないか——これは真実、妻なのではないか。

そうであるなら。

漁師は流石《さすが》に心が乱れ、後のことを連れの者に頼んで自分は家路を急いだ。駆けに駆け、息急《いきせ》き切って辿り着くと、漁師は家の戸を開けた。

妻は、家に居た。

何ごともなかったかのような顔をしている。

いや、何ごともなかったのだろう。漁師は胸を撫で下ろした。

夫の徒《ただ》ならぬ様子を見て取って、妻は怪訝そうに、

「あまりにも帰りが遅いので案じておりましたが——」

と言った後、次のように続けた。

「実は今、微睡《まどろ》んでしまい、恐ろしい夢を見ました。夢の中で私は、帰りの遅いあなたの様子を見に、途中まで迎えに行くのですが――山路で誰とも知れぬ者に脅かされて、命を取られてしまうのです」

殺されると思ったところで目が覚めたと、妻は言った。

――さては。

と、漁師は思った。それで合点が行く。漁師は再び元の場所に取って返した。

四十八坂の小川の処まで戻ると、案の定、そこにはあきれた顔の朋輩達と、その足下に狐の死骸がひとつ、転がっているだけだった。漁師が殺した女は、連れの者が見張っているその目の前でみるみる正体を現し、終いには一匹の狐に変じたのだそうである。

狐とはそうしたものなのだろう。夢の中で野山を行く時は、この獣の身を借りることがあるのである。

六十

これも和野村の嘉兵衛翁の話である。

嘉兵衛翁はある日、雉子《きじ》小屋に入って雉子が来るのを待っていたのだそうだ。

雉子小屋というのは人一人が隠れられるくらいの円錐形の小さな小屋である。猟師はそこに凝乎《じっ》と潜んで、木の実を食べに来る雉子や山鳥を待ち、仕留めるのである。

しかし、折角雉子がやって来ても、狐が屢々《しばしば》出て来て追い払ってしまう。

何度も何度も邪魔をする。狐の所為で鳥が逃げてしまうのである。

あまりに憎らしいので、嘉兵衛翁は先ず狐を撃ってやろうと考え、鉄砲を構えて狐を待った。

間もなく狐が現れた。こいつめとばかりに狙いを定めたが、狐は嘉兵衛の方を向いて、さも何ともないぞというような澄まし顔をする。

益々憎らしく思い、退治してくれる、今にみておれとばかり、勢い引金を引いたのだが――火が移らない。

不発である。

おかしい。

狐の悠々とした素振りを見ているうち、嘉兵衛は厭な胸騒ぎがして来た。

そこで、嘉兵衛翁は銃を調べてみることにした。

すると――。

驚いたことに、筒口から手許の処まで、銃身にびっしりと土が詰められていたのであった。鉄砲は、猟師である嘉兵衛の暮らしには欠かせないものである。だから手入れを怠ったことはない。幾度も点検をしている。土など詰まる訳もない。

いったい、誰がいつ詰めたものか。

果たして――狐の仕業であったのか。それは、判らない。

百一

一人の旅人が豊間根村《とよまねむら》を過ぎた辺りで夜を迎えた。気が付けばすっかり暗くなっており、身体の方も疲れていたから、その日はどこかで休ませて貰おうと考えた。幸い、知音のある者の家に燈が点《とも》っていたので、休ませて貰おうと、その家の燈火を目指して歩いた。

戸を叩くとすぐに知人が出て来た。知人は、

「いや、良いところに来てくれたものだ。実は今夕、死人が出てね。手伝いを喚んで来なければいけないのに、留守番が居ないから出掛けることもできない。屍《しかばね》を置いて家を空ける訳にも行かないし、ほとほと困っていたところだ。暫くの間留守居を頼まれてくれないかね」

と言う。そして有無を言わさず家人は人を喚びに行ってしまった。

まったく迷惑千万な話であるが、こうなってしまっては仕方がない。旅人は家に上がり込み、囲炉裏の横に座って煙草を一服付け、留守番をすることにした。

死人というのは老女のようだった。

骸《むくろ》は奥の方に寝かされている。

あまり見たくもないものだったが、気にはなる。ふと見ると。

床の上の死体が、むくむくと起き上がるところだった。

旅人は胆《きも》を潰した。

だが。

これは何かのまやかしだと思い直し、心を鎮め、旅人はもう一度家の中を静かに見回した。すると台所の流し場の元にある水の流し口の穴から、何かが覗いている。

おやと思って能《よ》く見れば、どうも狐のようである。

狐が穴から面を差し入れて、頻《しき》りに死骸を見詰めているように見える。

さてこそ、これは狐の悪戯かと察し、旅人は身を潜め忍び足でこっそりと家の外に出ると、裏の背戸の方に廻った。見れば、やはり狐である。狐が後ろ脚を爪立てて壁に取り付き、流し元の穴に首を突っ込んでいるのである。人の目を眩《くら》ませ、しかも死人を動かして見せるなど、何とも罰当たりな狐である。

旅人は裏手に落ちていた棒を拾うと、この狐を打ち殺した。

果たして狐が何かの通力で死体を動かしたのか、そうした幻覚を見せられただけなのかは、判らない。

九十四

和野に住む菊池菊蔵《きくちきくぞう》という男が、柏崎にある姉の家に用向きがあって、出掛けた時のことである。祝い事か何かがあったのだろう。

菊蔵はたらふくご馳走を振る舞われ、その残りの餅を懐に入れて、愛宕山《あたごやま》の麓の林の中を、和野の家に向けて歩いていた。すると、林の中でばったりと、知った顔に出会った。象坪の藤七《とうしち》という大酒飲みである。藤七と菊蔵は大の仲良しであった。

出会ったのは林の中ではあったが、小さな芝原になっている処だった。

藤七はにこにこと笑ってその芝原を指差し、

「どうだ、ここで相撲でも取らんか」

と言った。菊蔵は良い気分だった所為かその申し出を諾《う》け、二人は草原で組み合って暫く遊んだ。

ところが、この藤七がいかにも弱い。それはもう軽く持ち上げられるから、自由に抱えられ、好きに投げられる。あまり面白いので菊蔵は三番も取ってしまった。凡て菊蔵の勝ちであった。

藤七は、

「今日はとても敵わない。さあ、もう行こう」

と言った。それを最後にその日は別れた。

四五間程進んでから、菊蔵はハッと気付いた。懐に入れた餅がない。ハテ落としたかと、相撲を取った芝原まで戻って探してみたが、ない。

さてはあの藤七は狐だったか——と思い至ったが、狐に化かされて餅を盗られたなどということは、恥ずかしくて人には言えないことである。外聞が悪い。それに、本当に狐に騙されたという確証もない。だから菊蔵は黙っていた。

それから四五日して、菊蔵は酒屋で藤七に会った。

菊蔵はそれまでずっと相撲の件は黙っていたのだが、藤七本人を目の前にしたので確かめてみたくなり、問うてみた。藤七は、

「俺が相撲など取るものか。その日は浜へ行っていたんだ」

と言った。そのお蔭で菊蔵が狐に化かされたという一件は確実なものとなり、しかも藤七だけには露見してしまったことになる。

それでも菊蔵はなお、藤七以外の人間にはこのことをひた隠しにしていた。余程恥に思っていたのだろう。しかし昨年の正月休みに、自ら秘密を漏らしてしまった。

大勢で酒を飲んだ際、狐の話題になった時に、

「俺も実は――」

と、うっかり白状してしまったのである。

菊蔵は大いに笑われたそうである。

因みに、象坪というのは地名であり、また藤七の苗字でもある。

私（柳田）は以前、『石神問答』という本の中で、この象坪という地名を研究したことがある。その所為か、この話は興味深く聴いた。

九十三

これも和野の菊池菊蔵の話である。

菊蔵の妻は、笛吹峠の先にある栗橋村大字橋野より和野に嫁に来た女であった。

この妻が実家に帰っている間に、菊蔵の子で、糸蔵《いとぞう》という名の五六歳になる男の子が病気になってしまった。

菊蔵は一人では何もできずに弱り果て、昼を過ぎたくらいに子供を寝かせ、妻を迎えに一人、親里である橋野に向かった。

栗橋村への道は、名にし負う六角牛の峰続きである。山路は樹々も深く繁り、歩き難《にく》いこと甚だしい。特に遠野の側から栗橋の側へ下る辺りの道は、ウドになっている難所である。ウドというのは両側を高く切り込んだ切り通しのことであり、道の左右は切り立った斜面の、所謂岨《いわゆるそば》になっている。日の光はこの岨に阻まれてしまう。

岨は愈々高くなり、陽光が遮られて道行きが微暗《うすぐら》くなり始めたその時——。

背後から、

「菊蔵」

と、呼ぶ声が聞こえた。

明らかに名を呼ばれたので、菊蔵は振り返った。しかし誰も居ない。

徐々に顔を上げてみると――。

切り立った高い崖の上から、下界を覗いている者が居た。

顔は赭《あか》く、眼が光り輝いている。

眼が光るというのは、昨年、早池峰山で子供達が出逢ったという山の者と同じような具合だったのであろうか。

その異形は続けて、

「お前の子供はもう死んでいるぞ」

と言った。

それを聞いた菊蔵は、恐ろしさよりも先に、ハッと子供のことを思い浮かべた。あの子が死んでしまったというのか、真逆《まさか》、本当だろうかと強く心を痛め、もう一度見上げると――もうその異形の姿は見えなくなっていた。

菊蔵は道を急ぎ、その夜のうちに妻を伴って和野に戻ったが――。

果たして糸蔵はもう亡くなっていたのだった。

四五年も前のことである。

八十九

山口から柏崎に行くためには、愛宕山の裾野を廻るのが良い。田圃から続く松林に沿った道で、林の樹々が雑木林になり始める辺りまで行くと柏崎の村落が見え始める。

その愛宕山の頂上には小さな祠が建っている。参詣するためには、先ず林の中につけられた途《みち》を進むのであるが、登山口には鳥居が建てられており、周辺には杉の古木が二三十本も聳《そび》えている。その傍《かたわ》らに、また一つのがらんとしたお堂がある。堂の前には石塔が建てられていて、石には山神の二文字が纂《きざ》まれている。その場所は、昔から山神が顕現すると言い伝えられている処なのである。

和野の何某《なにがし》という若者が、柏崎に用足しに出掛けた。愛宕山の裾野の林を行き、参詣口に差し掛かったのは夕暮れのことだった。堂の前を横切ろうとした時――。

愛宕山の上の方から、人が降って来るのが見えた。随分と巨《おお》きな人である。

さて、誰だろうと思い、若者は立ち止まって、林の樹木越しに様子を窺《うかが》った。遠目にも相当に背が高いことが判る。この近在にあんなに丈の高い人はいない。誰なのか確かめようと思い立って、若者はその人の顔の辺りを注視したまま、木陰を移動して戻り、参詣口まで歩み寄った。

丁度道の角の処で、降りてくる男と若者はばったりと行き遭ってしまった。思いがけず木陰から若者が姿を現したので先方は驚いたものと見えて、若者の顔を接《まじ》と見下ろした。若者は先方の顔を見上げていた。

その人の顔は、真っ赤だった。人とは思えない程に、非常に赤い。しかも、眼は爛々と輝いている。驚いて眼を円《まる》くしているので、余計に輝いて見えた。

——山神だ。

そう察した若者は後をも見ずに走り去り、柏崎の村まで一目散に遁《に》げた。

遠野郷には山神の石塔が多く建っているが、それらが建てられている場所はいずれも、かつて誰かが山神に行き遭った場所か、或いは山神の祟りを受けた場所であるという。神を宥《なだ》めるために石塔を建てているのである。菊池菊蔵の見た異人も同じような相貌であった。あちらもまた、山神だったのだろうか。

六十一

これも、和野の嘉兵衛翁の話である。

嘉兵衛翁はその時、六角牛に入って猟をしていた。獲物を追って山中深く踏み込むと、真っ白い鹿に出逢った。

白鹿《はくろく》は神であるという言い伝えがある。

この鹿が神であるならば、もし傷付けでもしようものなら祟られるに違いない。殺しでもしたなら大変なことになるだろう。嘉兵衛は思案した。祟りは怖い。しかし自分は音に聞こえた名誉の猟人である。ここで引いてしまっては世間に嘲笑われるに違いない。それは——厭だった。

嘉兵衛は迷いを振り払い、思い切って——撃った。

手応えは慥《たし》かにあった。

しかし鹿は微動だにしない。相も変わらずそこにいる。

この時も——。

嘉兵衛は厭な胸騒ぎがしたのだそうである。

嘉兵衛は、平素よりいざという時のために一発だけ持ち歩いている黄金の弾を取り出した。それに、更に魔除けの効果があるという蓬《よもぎ》を巻き付けて、今こそ危急の時とばかりに撃ち放った。

命中した。

しかし、それでも鹿はなお、まったく動かなかった。

——おかしい。

これはどうあっても尋常なことではない。あまりにも怪しいので、嘉兵衛は恐る恐る鹿に近付いた。鹿は嘉兵衛が歩み寄っても逃げるでもなく、動きもせずに同じ場所にいる。近くで接々《まじまじ》と見れば——。

それは、鹿の形をした白い石だった。彫られたものではなく、天然の石であるから鹿に似た形の石というべきだろうか。

数十年の間山で暮らしている嘉兵衛が、よもや石と鹿とを見誤ることなど、考えられないことである。全く以て魔障の仕業としか思えない。

「この時ばかりは猟《や》を止めなくてはいかんと思った」

嘉兵衛翁はそう語った。

三十二

千晩ヶ嶽《せんばがたけ》の山中には沼がある。

沼のある処は谷になっていて、物凄く腥《なまぐさ》い臭気が立ち籠《こ》めている。

この山に入り込んで帰って来た者はごく少数だということである。

その昔、何某《なにがし》の隼人《はやと》という猟師がいた。この隼人が白い鹿を見付け、これを追ってこの谷に至った。隼人は白鹿を獲ろうと、この谷に千晩隠《こも》り、鹿を待ったと謂う。その逸話から千晩ヶ嶽という名前が付いたのだと謂われる。

多分千日目に隼人は白鹿を撃った。しかし仕留めることはできず、鹿は遁げた。

次の山まで走り、鹿の片肢《かたあし》は折れた。

鹿が遁げ込んだ山を片羽山《かたはやま》と呼ぶのはその所為である。

鹿は、肢を引き摺りながら更に前の山まで遁げ、そこで死んだ。

鹿が死んだ場所は死助という地名になった。その土地に死助権現として祀られているのは、この白い鹿である。

隼人の子孫という人は、今も実在する。

九十一

遠野の町に、町の人から鳥御前《とりごぜん》という渾名《あだな》で呼ばれている人がいた。元は南部男爵家の鷹匠《たかじょう》で、遠野近郊の山々に精通している人であった。早池峰、六角牛両山の樹木や岩石、地形など、形状から在処まで、何もかもを熟知しているのであった。この人は、人類学者である伊能嘉矩《いのうよしのり》先生の知り合いでもあった。

その人の晩年の話である。

鳥御前は友と連れ立って茸を採りに山に入った。友というのが水練の達人で、藁《わら》と槌《つち》とを持ったまま水に潜《もぐ》って、水中で草鞋《わらじ》を綯《な》ってから浮かんでくるという、まるで奇術のようなことができると評判の人であった。

二人は、遠野の町と猿ヶ石川を隔てるようにしてある向山《むけえやま》という山から登り、綾織村の続石《つづきいし》と呼ばれる珍しい形の奇岩がある場所まで移動した。

続石の少しばかり上に至って二人は別行動を執ることに決め、別れ別れになってそれぞれ山中へと分け入った。

鳥御前は一人でもう少し山を登ることにした。

恰《あたか》も秋の空の日影が、西の山の端《は》より四五間《けん》ばかりという時刻であった。

何を見ようとした訳でもなかった。

何気なく目を遣ると。

大きな岩の陰に、赭《あか》い顔の男と女が立っている。

男女は何か話をしているようだった。

さて妙なものに出逢ったと鳥御前は思った。赭い顔の男女は鳥御前が近付くのに気付くと、手を拡げて押し戻すような仕草をした。こちらに来るなという意味であろうか。制止する手付きのようだったという。

鳥御前は構わずに進んだ。

すると女は男の胸に縋るようにした。

ことの様子から推し量るに、これは本当の人間ではあるまいと鳥御前は思った。何かが化けているのかもしれないと考えたのだ。この鳥御前という人は中々剽軽《ひょうきん》な人でもあったので、ここはひとつ巫山戯《ふざけ》てやろうと思い付き、腰に携えた切刃の小刀を抜いて、打ち掛かる真似をした。

顔の赭い男は足を挙げ、鳥御前を蹴った。

その瞬間、鳥御前は前後不覚に陥り、その後どうなったのかは判らない。

谷底で気絶している鳥御前を発見したのは、連れの友人だった。姿が見えないのを不審に思った友人はあちこち探し回り、谷底を覗いて吃驚《びっくり》したのだそうである。山に通暁《つうぎょう》した男であるから、よもやと思った訳である。友人は急いで谷へ下り、鳥御前に息があるのを確認して、介抱して家に連れて帰った。崖から落ちた様子ではなく、怪我もしていなかった。

鳥御前は友人と家人に一部始終を話し、

「このようなことは今までに一度としてなかったこと。儂《わし》はこのために命を失うかもしれない。だが、他言は一切無用である」

と、他の者に事情を説明することを禁じた。

その後、鳥御前は病み付き、三日ばかり床に伏して、死んだ。

家の者はあまりにも不思議な死に様であるため訝《いぶか》しみ、悩んだ揚げ句ケンコウ院という山伏に相談した。すると山伏は、

「鳥御前様は山の神様がお遊びになるところを邪魔なされたため、その祟りを受けられて身罷《みまか》られたのでしょう」

と答えたそうである。

今から十余年ばかり前のことである。

百七

上郷村に河縁《かわぶち》の家《うち》という家号の家がある。

早瀬川の岸にある。

この家の若い娘が、ある日河原に出て石を拾っていたところ、見馴れぬ男がやって来た。

そして、木の葉やら何やらを娘にくれた。

背が高く、面《おもて》は朱を差したように真っ赤だったという。

娘はその日、突如として占いの術を会得したのだという。

異人は、山の神だったのであろう。

娘は山の神の子になったのだ。

百八

山の神が乗り移ったと言って占いをする人は、処どころに居る。

附馬牛村にもそういう者が居て、その人の本業は木挽《こびき》であった。

柏崎の孫太郎《まごたろう》という人も山の神が乗り移ると自称している者の一人である。

この孫太郎、以前は時に発狂したり、喪心したりもしていた人であると聞く。理由もなく突然暴れ出したり、我を失って朦朧としたりする——というような意味なのだろう。

この人はある時山に入り、山の神より何かの術を授かって後、不思議に人の心中を読むことができるようになったのだということである。

その読心の術は、驚く程に的中するのだそうである。

また、その占いの法というのも、世間に数多いる占い師のそれとはまるで異なっているのであった。

孫太郎は何の書物も見ず、道具も使わない。

依頼に来た人と、世間話をするだけである。

ただ、孫太郎は話している途中でいきなり立ち上がり、常居の中をあちこち歩き回り始めるのだそうである。うろつきながら、依頼人の顔など少しも見ずに、ただ心に浮かんだことを口に出すのだ。それだけである。

これが必ず当たる。

例えば——。

「お前の家の板敷を取り外し、土を掘ってみるがいい。古い鏡か、折れた刀があるだろう。それを取り出さなければ、近いうちに必ず死人が出る。そうでなければ家が焼ける」

と、いうようなことを言うのである。

依頼人が家に戻って言われた通り板敷の下を掘ってみると、言われた通りのものが必ずある。そうした例は十指を折ってもまだ足りないという。

二十九

鶏頭山《けいとうざん》は早池峰の前面に立つ峻峰《しゅんぽう》である。

麓の里では、この山のことを一名前薬師《まえやくし》とも呼ぶ。天狗が住むのだと謂う。その所為か、早池峰山登頂を企てるような者でも、決してこの鶏頭山を目掛けようとは考えない。天狗を恐れるのであろう。

山口に住むハネトという家号の家の主人は、佐々木君の祖父の竹馬の友という人なのだが、これが極めて無法者である。鉞《まさかり》で草を苅ったり、鎌で土を掘ったり、兎《と》に角《かく》決まりごとを守らず無茶なことばかりする。腕っ節も強く、若い時分は乱暴な振る舞いばかりが多かった。

このハネトの主人が、ある時誰かと、一人で前薬師に登れるかという賭けをした。

ハネトの主人は易々と登り、そしてあっという間に降りて来た。

賭けには勝ったことになるが、ただ多少様子がおかしい。それに、どれだけ健脚であったとしても、早過ぎる。そこで本当に頂上に行ったのかと余人は問うた。慥《たし》かに頂までは行ったと、ハネトの主人は答えた。

主人の語るところに拠れば、前薬師の頂上には巨大な岩があったという。岩の上には大男が三人、車座になって座っていた。男達の前――車座の中央には、多くの金銀が並べられていた。主人が近寄るのに気付いた三人は、気色ばんで一斉に振り返った。その眼光は極めて鋭く、それは恐ろしい形相であったという。流石《さすが》の無法者も身が竦んだ。そして、

「早池峰に登ろうとしたところ、途《みち》に迷って来てしまいました」

と、しどろもどろで弁解をした。大男は、

「それなら送ってやる」

と言って先に立ち、するすると山を下り始めた。主人も必死で後を追った。そうするうちに、あっという間に麓近くまで下りてしまった。そこで、

「目を塞げ」

と言われた。ハネトの主人は言われるままに眼を閉じて暫く立っていた。

しかし、眼を閉じるその一瞬のうちに異人の姿は見えなくなっていたようだと、主人は語った。

九十

松崎村に天狗森《てんぐもり》と呼ばれる山がある。

その麓付近の桑畑で、村の何某という若者が畠仕事をしていた。陽も高いというのに何故か睡《ねむ》くなってきた。

頭がぼおっとする。このまま続けても仕事は捗《はかど》らない。床に入ったり横になったりしなくとも、仮眠を取るだけでスッキリするかもしれないと、若者は考えた。

そこで若者は畠の畔《くろ》に腰を下ろして、居眠りをし始めた。

うつらうつらし始めた時、顔が真っ赤な、極めて巨《おお》きな男が、何処からともなく出て来た。見馴れない大男は、眠ろうとしている若者の眼前に立ちはだかると、上の方から見下ろすようにした。

睡眠の邪魔をされた若者は、むっとした。

この若者は取り分け気難しいということはなく、寧ろ気軽な性質の男であった。ただ、普段から相撲が好きで、何かあるとすぐに相撲を取りたがる男でもあった。

眠い目を擦《こす》って見上げると、赤い顔が見下ろしている。

面憎《つらにく》い――と思った。若者は立ち上がって、

「お前はどこから来た。誰だ」

と、問うた。しかし男は何も答えない。若者は益々肚を立てた。ひとつ突き飛ばしてやろうと、力自慢に任せて飛び掛かり、手を掛けたと思うや否や――。

反対に自分の方が飛ばされて、男は気を失ってしまった。

正気に戻ったのは夕方になってからだった。

無論、大男はいなくなっていた。一日無駄にした若者はそのまま家に帰り、一部始終を家族に話した。

その秋のこと。

村人大勢で馬を曳き、早池峰山の腰の辺りに萩を苅りに出掛けた。さて帰ろうという運びになって、村人達はその若者の姿が見えなくなっていることに気付いた。突然消えてしまったので一同は驚き、何処に隠れたと捜したが、いない。更に探索をすると、若者は深い谷の奥で死んでいた。

手も、足も、一本ずつ引き抜かれて死んでいたのだった。

今から二三十年前のことで、この時のことを詳しく覚えている老人も存在する。

天狗森には天狗が多く棲むということは、昔から能《よ》く知られていることである。

六十二

これも、和野の嘉兵衛翁の話である。

ある日、獲物を追っていた嘉兵衛翁は、迂闊《うかつ》にも山中で夜を迎えてしまった。既に暗くなってしまっており、とても小屋を掛けている時間はなかった。仕方がなく嘉兵衛翁は、一本の大木の下に身を寄せ、魔除けのサンヅ縄を自分と木との回りに三周巡らせた。サンヅ縄とは、埋葬する際に棺桶を結わえるのに使った縄のことで、この世とあの世を結ぶ縄と謂われている。三途の川に因んで三途縄と書くのだろう。

魔除けを済ませた嘉兵衛翁は、いつでも撃てるように鉄砲を縦に抱えて座し、そして微睡《まどろ》んだ。

山の夜は深々と更けた。

深夜。

何か物音がするのに気付いた嘉兵衛は眼を開けた。

すると、巨大な僧形の者が、真っ赤な衣を羽のように羽撃《はばた》かせて、嘉兵衛が身を寄せている大木の梢《こずえ》に蔽《おお》い掛かって来た。

嘉兵衛は鉄砲名人として知られた男である。

すわ――とばかりに、鉄砲を撃ち放った。

命中したのか、外れたのか、赤い衣の大坊主はばさばさと衣をはためかせて羽撃きをすると、中空を飛び去って行った。

この時の恐ろしさといったら喩えようもなく、正にこの世のものとは思えない体験であったよと、後に嘉兵衛は語ったそうである。

二度、三度と山中で不思議に遭い、嘉兵衛はその度にもう鉄砲撃ちを止めようと心に誓ったのだそうである。一度は氏神様に願まで掛けた。

しかし、その度に思い返し、結局は老いて動けなくなるまで鉄砲撃ちを止めなかった。年は取っても猟人の業を棄てることはできないと、嘉兵衛翁は能《よ》く人に語るそうである。

三十三

白望山中で一夜を明かす人は、深夜に辺りが薄明るくなるのを見ることがあると謂う。秋には茸採りのために山に入り、山中に宿泊する人も多く居る。彼らなどは能くこの現象に遭うそうである。

また、谷の向こう側、かなり遠くの方から、大木が伐り倒されるような音や、何者かが歌う声などが聞こえて来ることもある。

この白望山は、どういう訳か山の大きさというのを測ることができない。山歩きに長《た》けた者でも見誤る。そんな山である。

五月頃、萱《かや》を苅りに入山したりすると、桐《きり》の花が咲き満ちる美しい山を遠くに望むことができる。紫雲棚引《しうんたなび》く名峰とはこのことだとばかり、見惚れてしまうような山であると謂う。しかし、行けども行けどもその山に至ることはない。近付くことすらできない。

かつて、やはり茸を採りに白望山に入った者があった。

その人は、白望の山奥で金の樋《とい》と金の柄杓《ひしゃく》を見付けた。

持ち帰ろうと思ったのだが、どちらも大変に重い。持ち上げることもできない。鎌で削り取り、欠片《かけら》だけでも持ち帰ろうと試してみたりもしたのだが、削ることもできなかった。仕方がなく、一度戻って道具など用意し、人を頼んでまた来ようと考え、目印に樹の皮を白く削《そ》ぎ、栞《しおり》として立ち去った。

翌日、数名で再度訪れた。

しかし何処を探してもない。どれだけ捜し歩いても、目印の樹木さえ見付けられない。どこまで分け入っても山は深くなるばかりで、結局何一つ収穫はなく、一行はやむなく下山したという。

六十三

小国村の三浦《みうら》何某という家は、村で一番の金持ちである。

しかし今から二三代前の主人の頃までは、今とは見違える程に貧しかったのだそうである。しかも、その頃のこの家の女房というのは、少しばかり鈍い、愚かな女だったということである。

ある日のこと。

この三浦家の女房が、蕗《ふき》を採りに出掛けた。

遠野の辺りでは、家ごとに門《かど》というものがある。門《かど》というのは川戸《かわと》の略で、門前を流れる川の岸に、水を汲んだり食器を洗ったりするために設けられた洗い場のことである。三浦家の女房は、この門《かど》の前を流れる小川に沿って蕗を探し、上流へ上流へと進んだ。

あまり良い蕗はなかった。

女房は良い蕗を求めて、次第に里を離れ、渓谷の奥深くまで迷い込んだ。

ふと見ると。

目の前に、それは立派な黒い門があった。門の中はやはり立派な館である。

女房は変だ、と思った。思ったのだが、少しぼおっとした女であったから別に警戒もせず、興味の赴くまま門の中に入ってみたのだそうだ。

門を抜けると、大きな庭が広がっていた。庭には紅や白の花が一面に咲き乱れており、何羽もの鶏《にわとり》が遊んでいたという。暫くその様子に見蕩《みと》れてから、女房は庭を抜けて、建物の裏の方に回ってみた。

裏手には大きな牛小屋があり、何頭もの牛が犇《ひし》めいていた。また馬屋もあって、毛並みの良い見事な馬が沢山飼われていたという。

でも。

人の姿がない。気配もない。

女房はあちこち見回り、終《しま》いには玄関から屋敷の中に入り込んだ。

座敷に上がり、襖《ふすま》を開けて次の間を見れば、高級そうな朱塗り黒塗りの膳がずらりと並んでおり、膳の上にも同じく高価そうな椀が載っていた。

奥座敷には火鉢が設《しつら》えてあって、鉄瓶の湯が沸騰していた。

それなのに、人影はない。家中見て回ったが人っ子一人いない。

そこで、漸く女房は恐ろしさを覚えたのだそうだ。

もしかしたら、ここは山人《やまびと》の家ではないのか。そう思うと急に怖くなり、女房は慌てて駆け出し、家に戻った。女房は赫々然々《かくかくしかじか》と家の者に話をしたのだが、誰も信用してくれなかったそうである。

それから暫くして。

その女房が三浦家の門《かど》に出て洗い物をしていた時のことである。川上から赤いものが流れて来たのだそうだ。遠目に見ても綺麗なものだったので、女房はそれを摑んで引き上げてみた。見れば、美しい朱塗りの椀である。

大層高級な椀だった。ただ良い品ではあるが、家で使う訳にはいかないだろう。川を流れて来たようなものを食卓に出したりしたら、汚いと言って主人に叱られるのではないか。しかし、捨てるのは忍びない。

そこで女房は、一計を案じた。

その椀を米櫃《こめびつ》の中に入れておき、米を量る器として使用することにしたのである。

それなら文句は言われまいと考えたのだ。

ところが、この椀で量るようになってから、いつまで経っても米が減らない。掬《すく》っても掬ってもなくならない。家族の者も流石《さすが》に不審に思い、女房を問い質した。

そこで、女房は初めて川で拾った椀を使っているということを告白した。

三浦の家が裕福になり始めたのは、これが契機であった。この椀を使い始めてから後《のち》、次々と幸運が舞い込み、三浦家は現在の富貴を得たのであった。

遠野では、山中にある不思議な家をマヨイガと呼ぶ。

迷い家、の意であろうか。

マヨイガは行こうとして行ける処ではない。しかし、もしマヨイガに行き当たったなら、それは幸運なのだと謂う。マヨイガに辿り着いた者は、その家にあるものを持ち帰るのが良いのだと謂われる。持ち出すものは家具でも家畜でも、何でもいいのだそうである。そうすると、幸福が訪れるのだと謂うのである。

マヨイガは、行き合った人に幸運を授けるために現れる、異界の家なのである。何故に行き着けるのか、何がそれを決めるのか、いったい何者が幸運を授けてくれるのかは、判らない。

しかし、そうしたものなのである。

三浦家の女房は無欲であり、マヨイガから何も盗って来なかった。だから椀の方から流れてやって来たのだろうと、村の者は謂っているそうである。

六十四

金沢村《かねさわむら》は白望の麓にある。上閉伊郡の中でも殊更《ことさら》山奥で、人の往来も多くはない。

六七年前、この村の男が栃内村の山崎何某《やまざきなにがし》という家に婿入りした。

この男が、実家に帰ろうとして山路に迷い、マヨイガに行き着いてしまった。家の有様や牛馬、鶏が沢山飼われていたこと、紅白の花が咲き乱れていたことなど、何から何まで三浦家の嫁が見たものと同じであった。

男も、やはり玄関から屋敷に入った。

膳や椀が設《しつら》えられた大きな部屋があり、座敷には炉が切られており、湯の滾《たぎ》った鉄瓶がかけられていた。今、まさに茶を淹《い》れようとしているところのように思えたそうである。何処かに人が居るかと見回したが誰も居ない。便所の辺りに人が立っているような気配がしたのだが、結局人には遇《あ》わなかった。

男は暫くの間ただ呆然としていたが、そのうち恐ろしくなって家を抜け出し、来た道を引き返した。

何処をどう歩いたものか、男はやがて小国の村里に出た。

小国村の人達は男の話を聞いても一笑に付し、誰も本気にはしなかった。

しかし栃内の山崎家では、

「それはマヨイガに違いない」

と、断じた。

「もう一度そこに行き、膳や椀を持ち帰れば家運が増して長者になれる」

と、婿殿を先頭に立てて案内させ、大勢で山奥に分け入った。

一行は山の中を行き来し、漸くそれらしい場所に行き着いた。

婿は、

「ここに門があったはずだ」

と言ったが、何もない。

目に付くものもない。ただの山である。

どうすることもできず、山崎家の一行は虚しく手ぶらで山を下りて家に帰ったという。その山崎家の婿が後に金持ちになったなどという話も、聞かない。

八十六

土淵村の中央、役場や小学校がある処を字本宿《もとじゅく》という。

この本宿で豆腐屋を営んでいる政《まさ》という男がいる。今は慥《たし》か、三十六七くらいの齢になるだろう。この政の父親が重い病に罹《かか》り、危篤状態になった。

丁度その頃。

本宿と小烏瀬川を隔てた隣村である下栃内で家の普請があり、地固めの堂突《どつき》がなされていた。堂突とは大勢で地面を突き固め、地均《じなら》しをすることである。

夕方、その現場に政の親父が一人で現れた。

親父は皆に愛想良く挨拶をして、

「俺も堂突をするよ」

と言って、暫時仲間に交じり、仕事をした。

やや暗くなり、その日の作業も打ち切りとなり、親父は皆と一緒に帰った。

誰も不審には思わなかった。

親父と別れてから、誰かが気付いた。

そういえば——あの人は病気だったのではなかったか。しかも、かなり重い病ではなかったのか。

人足達は少し不思議に思った。

それぞれは家に戻り、訃報を知った。

聞けば亡くなったのは今日であるという。

驚いた人足達は政の家に弔問に向かった。お悔やみを述べつつ、その日のできごとを政に伝えたのだが、恰《あたか》も病人が息を引き取らんとしていた時刻が、丁度堂突を始めた頃であったそうである。

八十七

名前は忘れてしまった。

遠野の町の豪家である。

そこの主人が大病を患った。熱心な看病の甲斐なく回復はせず、生死の境を彷徨《さまよ》うばかりに衰えてしまった。愈々《いよいよ》危篤ということになり、報せを受けた家人や縁者も家に集まった。

丁度その頃。

その病人が、ふらりと菩提寺に現れた。

和尚は驚き、鄭重《ていちょう》に迎えて茶など勧め、暫く世間話などをした。

しかし、さて帰ろうと立ち上がる様子を見て、和尚は僅かばかりの不審を抱いたのであった。

何かおかしい。

あんな病人が付添いもなく寺を訪れたりする訳はない。和尚は、あの方が心配だから跡から付いて行き、家に帰り着くまで見届けるように——と、小僧に言い付けた。

その人はごく普通に寺の門を抜け、確《しっか》りとした足取りで家の方に向かった。小僧は跡から付いて行ったが、町に入って、最初の角を曲がった処で見失ってしまった。

しかし、その人と道で出逢った者は多くいた。歩いている姿も何人もの人が目撃している。逢う人逢う人と挨拶を交わし、常日頃——いや、元気だった頃とまるで変わらない様子だったという。

勿論、その人は外出などしていない。到底出歩けるような容体ではなかったのである。否、臨死を迎えていたのだ。

その人は、その晩に死去した。

知らせを受けた菩提寺の和尚は首を捻《ひね》った。

果たして昼間訪れたあの人は何者であったのか。生き霊のようなものか、それとも幻であったのか、いずれにしてもそうしたものが茶など飲むのか——。

実際に茶を飲んだのか飲まなかったのか、その人が茶碗を置いた場所などを調べてみたところ、茶は畳の敷合《しきあわせ》に全部溢《こぼ》してあったそうである。

八十八

これも、似た話である。

土淵村大字土淵の常堅寺《じょうけんじ》は、曹洞宗《そうとうしゅう》の寺で、遠野郷十二ヵ寺の触頭《ふれがしら》である。触頭というのは、旧幕時代に寺社奉行との交渉役を務めた寺のことで、その郷の寺院の筆頭と考えていいだろう。

ある日の夕方、一人の村人が本宿《もとじゅく》から来る道の途中で、何某という老人にばったり出《で》会《くわ》した。

村人は、この老人が予《かね》てより大病を患っていたことを知っていたので、一体いつの間に全快したのかと問うた。すると老人は、

「いやあ、ここ二三日は気分も良くて、今日はお寺に法話を聞きに行くのさ」

と答えた。

二人は寺の門前まで連れ立って歩き、常堅寺の前で言葉を掛け合って別れた。

常堅寺の和尚も、病で臥していると思っていた人がいきなり訪ねて来たというので慌てて出迎え、奥に招き入れて茶などを勧めた。

それから暫く話をして、老人は帰った。

和尚は、別に疑いはしなかったのだが、体のことも心配であったので、これも小僧に見て来るように申し付けた。

しかし門の外に出た途端、すぐに老人の姿は見えなくなってしまった。いくら病気が治ったからといって、老人が走って帰れる訳もない。それならば煙のように消えてしまったとしか思えない。

驚いた小僧はことの子細を和尚に報せた。

能《よ》く見れば、茶は畳の上に溢れている。

老人はやはりその日に、死んだ。

九十七

飯豊の菊池松之丞という人が傷寒《しょうかん》に罹《かか》った。傷寒とは、漢方で謂う急性発熱性疾患のことである。

松之丞は幾度も呼吸困難になり、苦しんだ。息を引き詰めている間――。

松之丞は田圃に出て、菩提寺である青笹の喜清院《きせいいん》に行こうとしていた。

急がねばならないと、松之丞は思っていた。早く行かなくてはならない、理由は判らないけれど、自分には時間がない――。

焦る気持ちが伝わって、ついつい足にも力が入る。

すると――松之丞の足は計らずも宙に浮いた。

一歩一歩飛び上がるように浮いて、凡そ人の頭位のところまで浮き上がり、それから次第に前下がりに下降した。しかしまた少し力を入れると、初めと同じように体は上に昇って行った。

何とも言い難い心地良さであった。

松之丞は爽快な心持ちで、菩提寺に向かった。

寺の門に近付くと、門前に群衆が集まっている。おや、何があったのだろうと訝しく思いながら、松之丞は門を潜った。

すると——境内のはずが、見渡す限り紅色の芥子の花が咲き満ちていて、果てが知れない。何処までも花が続いている。それを眺めていると、益々良い気持ちになって来る。

その花の中に。

父が立っていた。

松之丞の父は、もう先に亡くなっている。父は、

「お前も来たのか」

などと言う。どう答えたものか判らず、気分だけは良かったから適当に返事をしてなおも進むと、以前に幼くして失った息子がいた。

「父《と》っちゃ、お前も来たか」

と言う。

何と懐かしいことだろう。お前が死んでどれだけ哀しかったか。

「お前はこんな処に居たのか」

と松之丞は言って、息子に近寄ろうとした。

ところが息子は、

「今は来てはいけない」

と、言う。

この時、門の辺りで騒がしく松之丞を呼ぶ声が聞こえた。

とても煩瑣《うるさ》い。やっと子供に逢えたのに、父もそこにいるのに、こんなに気持ちが良いのに、どうして邪魔をするのだろう。煩わしいこと限りがない。けれども。

よんどころないことのようにも思う。

松之丞は、心も重くなり、嫌々ながらに引き返した――と。

思ったところで正気に返った。

発熱し、息が詰まって意識を失っていたのであった。

親族の者が寄り集まって、水を振り掛けたりしながら松之丞の名を呼び、彼岸に逝きかけた松之丞を喚び返し、生かしてくれたのであった。

二十二

佐々木君の曾祖母が亡くなった時の話である。

病気をした訳ではなく、かなりの高齢だったそうだから、老衰だったのだろう。親類一同本家に集まり、遺体を棺に納めた。この辺りでは、全員が夜通し起きて通夜をする訳ではない。その夜、親戚一同は大座敷で寝た。

故人の娘――佐々木君の祖父の妹に当たる婦人は、神経を病んで離縁され、嫁ぎ先から戻されてしまっていた。精神に変調は来《きた》していたものの、無闇に暴れる訳でもないから、その人も座敷で親類と一緒に休んでいた。

遠野辺りでは物忌《ものい》み中に火気が途絶えるのを嫌う風習がある。喪が明けるまで火の気を絶やしてはならないのが決まりごとである。

そこで、佐々木君の祖母と、その娘――佐々木君の母が、火の番をすることになった。囲炉裏《いろり》の火が消えないように、寝ずの番をするのである。

佐々木君の祖母と母は、大きな囲炉裏の端に向き合って座り、母は自らの傍らに炭《すみ》籠《かご》を置いて折々《おりおり》に炭を継ぎ足し、火が消えぬようにしていた。

山里の夜は静かである。稀に燠《おき》が爆《は》ぜる音が聞こえるだけである。

ところが、跫《あしおと》が聞こえた。ふと、見ると——。

裏口に。

死んだ人が立っていた。

どう観《み》ても、それは亡くなった老女だった。佐々木君の曾祖母は生前、大層腰が曲がっており、歩くたび着物の裾を引き摺ってしまうので、褄の先を三角に取り上げて前に縫い付けていたのだそうである。

そんなところまで、寸分違《たが》わない。

縞目《しまめ》の着物も見覚えがあった。

それは亡くなった老女だった。

死んだ人が侵入《はい》って来たのである。

佐々木君の祖母と母は、驚くことも怖がることもなかった。否、できなかったのである。あなや——と、思う間もなかったそうである。死んだ人はそのまま家に上がり込み、二人が番をしている炉の脇を通り過ぎた。

通り過ぎる際に。

死んだ人の裾が、炭取《すみとり》に触れた。

炭取はくるくると、回った。

佐々木君の母は気丈な人だったので取り乱すこともなく、回る炭取から目を離して死人の背を追った。

死人は親戚一同が寝ている座敷の方にのろのろと歩いて行った。

ああ、このままでは座敷に入ってしまう。

死んだ人なのに——。

母がそう思った、その時。

「おばあさんが来たッ」

という、けたたましい叫び声が響き渡った。叫んだのは例の狂女であった。その声で一同は目を覚まし、大騒ぎになった。

その騒乱に紛れて。

死人はいつの間にか居なくなっていた。

勿論、遺体はずっと棺の中にあったのだ。

メーテルリンクの『侵入者』を思わせる話である。

二十三

その、佐々木君の曾祖母の二七日《ふたなぬか》の逮夜《たいや》のこと。

知人などが佐々木本家に集まり、夜更けまで念仏を唱えて供養をした。明日もあるということで一旦切り上げ、それぞれは家路に就くべく、家を出た。すると。

門口《かどぐち》の石に腰掛けている老女がいる。

あちらを向いているので顔は判らない。しかし、その後ろ姿は正《まさ》しく亡くなった老女そのままであった。

大勢が見た。

だから、誰も疑う者はいない。

これらは、幽霊なのだろうか。そうなのだとして、いったいどのような執着があって姿を現したものか。それを知る人はついぞいないのであった。

九十九

土淵村役場の助役、北川清《きたがわきよし》という人の家は、字火石《ひいし》にある。北川の家は代々山伏で、清の祖父にあたる人は正福院《しょうふくいん》と名乗っていた。この人は学者でもあったから著作なども多く残しており、村のために尽力した人だったそうである。

清の弟の福二《ふくじ》という人は、海岸にある船越村田ノ浜に婿入りした。しかし、先年の大海嘯《つなみ》に呑まれて、一度に妻と子を失ってしまった。家屋敷も流されてしまったそうである。福二は、生き残った二人の子供とともに屋敷の跡地に小屋を掛けて、一年程そこで暮らしていた。

夏の初めのこと。

月夜であったという。

福二は用便のため起き出して、小屋の外に出た。仮小屋であるから、便所は遠く離れているのだった。しかも浪打ち際《なみうちぎわ》の渚を延々歩かなければ、便所には行けないのである。

月の光は明るかったが、海面には霧が布《し》かれていた。足許もぼおっと霞む、幻のような夜だった。

波音を聞きながら歩いていると、霧の中に朦《もう》とした人影が浮かんだ。影は段々福二に近付き、やがてその輪郭をはっきりとさせた。

影の主は、寄り添った男女二人であった。

福二は、そして我が目を疑った。

女の方は、どう見ても津波で死んだ自分の妻だったからである。

そんな訳はない。

そして——妻と一緒にいる男は、どうやら福二が婿に入るまで妻が心を寄せていた男なのである。それは同じ里に住む男で、二人は互いに好き合っていたらしく、深く心を通わせており、福二の婿入りがなかったなら夫婦になっていたかもしれない間柄だったと——聞いていた。

だが、その男もまた津波の難に遭って死んでいるはずなのであった。

双方死人である。

福二は呆然として一旦二人を遣り過ごし、それから思い直して跡を追った。もしかしたら妻は生きていたのかもしれないと——そう思ったのであろう。

福二は二人の跡をつけて、遥々《はるばる》と船越の方へ繋がる岬まで移動した。二人が岬の洞窟に至った辺りで、福二は声を上げ、妻の名を呼んだ。

呼ぶと、二人は立ち止まり、振り返った。

やはり妻なのであった。

妻は福二の顔を見ても驚くでもなく、こう言った。

「私は——今はこの人と夫婦になっているのです」

そんな馬鹿な話があるか、と福二は思った。

「それは如何《いか》にも勝手だ。子供達が可愛くはないのか」

そう言うと妻は僅かに顔の色を変え、やがて泣いた。

声も聞こえる。姿も見える。話もできる。生者としか思えなかったから、福二は悲しく、また情けなくなった。悔しさのあまり下を向き、己の足を見ているうちに、妻と男は足早にその場を立ち去ってしまっていた。二人は小浦に続く道を進み、山蔭《やまかげ》に回り込んですぐに見えなくなってしまった。

福二は少しだけ追い掛けたが、止《や》めた。

思い出したのだ。

妻は死んでいると。

あの二人はもう生きてはいないのである。死んでいるのだ。ならばどうしようもないことではないか。生きているなら兎《と》も角《かく》も、あの世のことまで指図はできまい。死者と生者が一緒に暮らせる訳もない。

自分は――死人と話をしていたのである。

あまりにもはっきり見え、聞こえていたため、死んでしまった者と会話しているように思えていなかっただけである。

福二は、夜明けまで道端に立って様々な想いを巡らせ、朝になって家に帰った。

その後福二は、久しく病み付いていたそうである。

百六

陸中海岸の山田では毎年、蜃気楼《しんきろう》が見える。見えるのは常に外国の風景なのだそうである。見馴れない都の景色で、路上を馬や馬車が頻繁に行き交い、往来する人の姿も絶え間なく、目を瞠《みは》るばかりであると謂う。

そこに見える建物の形などは、毎年、寸分違うことなく同じなのである。

遠野物語 remix

C part

序（四）

思うにこの類いの書物は、現代に於て喜ばれるものではないのだろう。少なくとも流行するようなものでないことは間違いない。いくら印刷技術が発達し、書物を発行することが容易な時代になったからといって、こんな本を記して自分の狭隘《きょうあい》な趣味嗜好を披瀝《ひれき》し、のみならずそれを出版までして他人に押し付けるような真似をするのは、無礼不作法であると謂う人もあるかもしれない。

その通りだろう。しかし、私（柳田）は敢えてそれに対し、こう答えたい。

このような奇妙な話を聞き、またこのような魅力的な土地を訪ねた後で、自らが得た見聞を他者に語らずにいられる人が、果たして存在するだろうか。そこまでして沈黙を守る、寡黙で慎み深い人間は、少なくとも私の友人の中には一人もいない。

例えばこれを説話集と捉えるならば、本書は『今昔物語集《こんじゃくものがたりしゅう》』の系譜に連なるものになるだろう。しかし、九百年からの先輩に当たる『今昔物語集』は、書かれた段階で既に、今は昔——つまり過去の物語なのであった。それに較べて、この遠野物語は今、目前で起きていることごと、現在のできごとを記したものなのである。

神仏に対する敬虔さ、或いは信仰に対する誠実さという意味で、本書は『今昔物語集』を凌《しの》ぐことはできないだろう。『今昔物語集』は仏教説話集であるが、本書はそうした性質のものではないからである。

しかし本書に記された物語は、いずれも人の耳に届くことが少なかった、人口に膾《かい》炙《しゃ》していない稀《き》譚《たん》ばかりである。大勢の前で語られることも筆を執って記されることも甚だ少なかったという点に於ては、『今昔物語集』に収められた譚《はなし》を遥かに凌《りょう》駕《が》している。かの淡泊無邪気な宇《う》治《じ》大《だい》納《な》言《ごん》殿でも、九百年の時を超えてこちらにやって来て、耳を傾けるに値するものであろうと思う次第である。

一方で。

昨今は近代の御《お》伽《とぎ》百《ひゃく》物《もの》語《がたり》と称し、怪談噺に興じる輩《やから》がやたらと多いが、彼らの中には志《こころざし》の卑しい、陋《ろう》劣《れつ》な者が多い。そうした場で語られる怪談がでたらめ、妄《もう》誕《たん》でないという保証は一切ない。本書がそうしたものと近いもの——嘘で盛られた怪談と隣接する類いのものであると思われるのであれば、私（柳田）はそれを心密かに恥ずかしく思う。

要するに本書は、『今昔物語集』のような遠い昔の話でもなければ、昨今語られる怪談のような虚妄の談でもないのだ。

これは現在、そこで語られている、しかも事実として語られている物語ばかりなのである。

単にその部分だけを取り上げてみたとしても、立派な存在理由となるものと私（柳田）は信じている。

ただ、話してくれた鏡石子は齢《よわい》僅かに二十四五、私（柳田）も彼より十歳長じているだけの若輩である。

今日のような、国家的な事業が山積する多難な時代に生まれているというのに、事の大小も弁えずに、可惜力《あたら》を傾ける方向を見失っているではないかという非難があるとするならば、返す言葉はない。また、いくら遠野の話が興味深いからといって、明神山の木菟《みみずく》のように耳を尖らせて話を聞き回り、眼を円《まる》くして観察し続けるような極端な行いは如何なものであるかと責められたなら、これも返す言葉はない。

是非もなく、この責任は私（柳田）が取らねばならないものである。遠野の魅力を大袈裟に言い立てたところで、森の梟《ふくろう》に笑われるだけでもあるだろうから。

おきなさび飛ばず鳴かざるをちかたの森のふくろふ笑ふらんかも——。

百十五

遠野では、お伽噺のことを昔々と呼ぶ。
この昔々は数多あるが、ヤマハハの話が最も多い。
ヤマハハというのは、他の地域で謂う山姥《やまうば》のことだろう。
山姥の昔々を、一つ二つ記す。

百十六

昔々。

ある処に、父《トト》と母《ガガ》がいた。二人には娘が一人居た。

ある日二人は、娘を一人置いて町に行かなくてはならなくなった。

「いいかい、誰が来ても戸を開けてはいけないよ」

そうきつく戒め、鍵を掛けて、二人は町へ出掛けて行った。

一人残った娘はまだ日も高いというのに心細く、恐ろしくもあったから、囲炉裏にあたりながら身を竦めていた。すると、突然戸を叩き、

「ここを開けろ」

と叫ぶものがある。まだ真昼間であるから泥棒などではないだろうが、様子がおかしい。開けろという声は益々激しくなり、

「開けないなら蹴破るぞ」

と言う。仕方がなく娘は戸を開けた。

入って来たのはヤマハハだった。

ヤマハハはずかずかと家の中に入り込むと、囲炉裏の横座に踏みはだかって火にあたり、

「飯を炊いて喰わせろ」

と言った。娘は仕方がなくその言葉に従い、膳の支度をすると、ヤマハハに差し出した。そして、ヤマハハが飯を喰っている間にこっそり家を抜け出し、逃げた。

ヤマハハは飯を平らげると娘が居ないのに気づき、すぐに追い掛けて来た。

ヤマハハの足は速く、娘との距離はどんどんと縮まって、伸ばされた手が今にも娘の背中に届きそうになった、その時。

娘は、山の蔭で柴を苅《か》っている翁《おきな》に出会《でくわ》した。

「私《おれ》は今、ヤマハハに追っ掛けられている。隠してくれ」

娘はそう頼んだ。翁が承知したので、娘は堆《うずたか》く積まれている苅られた柴の中に潜んだ。そこにヤマハハが追い付いた。ヤマハハは辺りを見渡し、柴の束を見付けて、

「何処に隠れた」

と、言いながら柴の束を抱え、除けようとした。だが欲張ってあまり沢山の柴を抱えた所為か、蹌踉《よろ》けて足を滑らせ、ヤマハハは柴を抱えたまま山の斜面を滑り落ちてしまった。

娘はその隙に逃げた。

暫く走ると、今度は萱《かや》を苅っている翁に出会した。

「私は今、ヤマハハに追っ掛けられている。隠してくれ」

娘はまたそう頼み、積み上げられている萱の中に身を隠した。そこに、ヤマハハが追い付いた。ヤマハハは萱の束を見ると、

「何処に隠れた」

と、言いながら萱の束を抱え、除かそうとしてまた蹌踉け、萱を抱えたまま山を滑り落ちて行った。

娘はその隙に、また逃げた。

暫く走ると、今度は大きな沼のほとりに出た。

もう先には進めない。仕方なく娘は、沼の岸に生えている大木の梢《こずえ》に昇った。樹上で身を縮めていると、ヤマハハが追い付き、

「何処へ行こうと逃がすものか」

と言いながら沼のほとりを捜し始めた。

ヤマハハはそして、沼の水面に、木の上で震えている娘の姿が映っているのを見付け、それ見付けたとばかりに沼に飛び込んでしまった。

娘はその隙に木から降りて、更に逃げた。

沼から離れて暫く行くと、笹小屋が一つ建っていた。

小屋の中を覗くと、若い女が一人居るだけだった。娘は小屋に入り、先程と同じように告げて、匿ってくれと頼んだ。女が承諾してくれたので、娘は石の唐櫃《かろうど》の中に隠れた。

そこにヤマハハがまた飛び込んで来た。

そして娘の居場所を女に問うた。若い女は娘が来たことを隠し、知らないと答えたが、ヤマハハは信用せず、

「いや、来ないはずはない。人臭い香りがするもの」

と言った。女はとぼけて、

「それは今、雀《すずめ》を炙《あぶ》って食べたからでしょう」

と言った。ヤマハハは漸く納得して、

「そんなら少し寝る」

と言った。

何と、その笹小屋はヤマハハの棲処《すみか》だったのである。ヤマハハは、

「石の唐櫃の中で寝ようか、木の唐櫃の中が良いかな」

と、少し迷ってから、

「石は冷たいから木の唐櫃の中にしよう」

と、言うなり、木の唐櫃の中に入って寝てしまった。

女はヤマハハが眠ったのを見計らって木の唐櫃の鍵を下ろし、娘を石の唐櫃から連れ出して、こう言った。

「私《おれ》もヤマハハに連れて来られた者だ。一緒にヤマハハを殺して、里に帰ろう」

二人は一計を案じ、先ず錐《きり》を紅《あか》く焼いて、木の唐櫃の蓋に刺し通し、穴を空けた。

ヤマハハはそんなことをしているとはまるで気づかず、ただ、

「二十日鼠でも来たかな」

と言った。二人はそれから湯をぐらぐらと煮立てると、焼錐で開けた穴から注ぎ込んだ。ヤマハハはそして、ついに死んだ。若い女と娘は連れ立って里に戻り、それぞれの親許の家に帰ることができたという。

遠野では、昔々の終わりには必ず、

「コレデドンドハレ」

という結句を用いる。

コレデドンドハレ。

百十七

昔々。

これもある処に、父《トト》と母《ガガ》と、娘が住んでいた。

娘が嫁入りすることになり、その支度をするため、両親は町へ買い物に行くことになった。留守中に何かあってはいけないと、両親は確《しっか》り戸を鎖《とざ》し、誰が来ても開けるなよと、厳重に注意した。娘が中から、

「はア」

と答える声を聞き、二人は町まで出掛けて行った。

昼頃、ヤマハハがやって来て、娘を取って喰ってしまった。

ヤマハハは娘の皮を剝いで被り、娘になりすまして親が帰るのを待った。夕方になると買い物を済ませた父と母が戻った。二人は戸口で、

「オリコヒメコ、居るかい」

と娘の名を呼んだ。中から
「あ、居ます。早かったねえ」

という声がした。安心した両親は、娘の悦ぶ顔が見たくて、買って来た色々な婚礼支度の品を次々に娘に見せた。

その日はそのまま眠った。

翌朝、夜が明けてすぐに家で飼っている鶏が羽撃きをして、

「糠屋の隅ッコ見ろや、けけろ」

と鳴いた。

ハテいつもと違うおかしな鳴き声をする鶏だなと両親は思ったが、それよりも先《ま》ず娘の支度を整えてやらねばならぬと考え、放っておいた。両親はヤマハハが化けた娘を花嫁装束に着替えさせ。送り出さんと馬に乗せた。いざ参ろうと馬を引き出そうとすると、また鶏が鳴いた。鶏の声は、

「オリコヒメコ乗せずにヤマハハ乗せた、けけろ」

と聞こえた。ハテいっそうに妙な鳴き声だと耳を澄ませば、同じように繰り返して歌うように鳴く。流石の両親もここで初めて気づき、ヤマハハを馬から引きずり下ろして殺した。

それから糠屋の隅を見に行ってみると、娘の骨が沢山散らばっていたという。

コレデドンドハレ。

五十三

郭公《かっこう》と時鳥《ほととぎす》は、大昔は姉妹であった。

姉の郭公は、ある時馬鈴薯《ばれいしょ》を掘って来て、焼き芋にした。

姉は焼けた芋の外側の堅い処を自分で食べて、中の柔らかい処を妹に与えた。

しかし妹は、その姉の優しい気持ちを汲まず、

「きっと姐さんが食べている処はもっと旨いに違いない」

と、邪推した。

そう想うと堪《こら》え切れなくなり、妹は包丁で姉を刺し殺してしまった。

死んだ姉は忽《たちま》ち鳥に姿を変え、

「ガンコ、ガンコ」

と啼きながら飛び去ってしまった。

ガンコというのはこの地方の方言で、堅い処という意味である。

その啼き声を聞いた妹はハッと我に返った。姉が堅い処を食べ、自分には良い処のみをくれていたのだと悟ったのである。

しかし、今更気付いたところでもう遅い。自分は姉を殺してしまったのである。取り返しのつかぬことをしてしまった妹は、その悔恨の思いに耐え切れなくなり、やがてこれも鳥に姿を変えた。そして、

「包丁かけた、包丁かけた」

と啼くようになった。

遠野では時鳥のことを包丁かけと呼ぶ。

盛岡の辺りでは、時鳥は

「どちやへ飛んでた」

と啼くのだと謂っている。

五十一

山には様々な鳥が棲んでいるが、その中でも最も寂しい声で啼くのは、オット鳥だろう。この鳥は、夏の夜中に啼く。

昔。

ある長者の娘が、他の長者の息子と親しくなった。

二人で山に遊びに行ったが、息子の方が見えなくなってしまった。

娘は夕暮れになり、夜になるまで探し回ったがどうしても見付からない。

諦め切れず捜し廻っているうちに、遂に娘はこの鳥になってしまったのだという。

オットーンオットーンという鳴き声は、夫、夫と呼んでいるのだ。娘は鳥になってもまだ夫となる人を捜しているのである。鳴き声の終わりの方が掠れていて、実に哀れな声である。

陸中の浜の大槌《おおつち》町から駄賃付の者などが峠を越えて来る際に、遥か谷底から響くその哀しげな声を能《よ》く聞くと謂っている。

五十二

馬追い鳥は、時鳥に似ているが少し大きく、羽の色は茶を帯びた赤で、肩の所に馬の手綱のような縞があって、胸の辺りには口籠《クツゴコ》のような模様がある。口籠というのは馬の口に被せる籠のことである。

昔。

ある長者の家の奉公人が、山へ馬を放しに行った。帰ろうとすると馬の数が一頭足りない。奉公人は夜通しいなくなった馬を捜し求めたが見付からず、遂にはこの鳥になったという。

アホー、アホーと啼くが、それはこの地方で馬を追う時の掛け声である。

馬追い鳥は深山に棲む。声を聞くのも山奥でのことである。稀に馬追い鳥が里に飛んで来て啼く年があるが、それは飢饉の前兆である。

百十八

他所の土地には、紅皿欠皿《べにざらかけざら》という昔話がある。意地の悪い継母とその娘が、美しい姉娘をあの手この手で苛め殺そうとするが上手く行かず、やがて姉娘は高貴な人と結ばれ、継母とその娘は悪事の報いを受けるという話である。

遠野にもこの昔話は伝わっている。

遠野では姉娘である欠皿の方をヌカボと呼ぶ。糠穂《ぬかぼ》とは空穂《うつぼ》と同じ意味なのだろうから、実の入っていない空っぽの稲のことだろうか。

遠野の昔々に出て来るヌカボは、継母には憎まれ酷い目に遭うが、神の恩恵があったため、ついには長者の妻となるのである。

この昔々のエピソードには、様々な美しい絵模様がある。

機会があれば、詳しく書き記してみたいと思う。

二十七

早池峰《はやちね》山から涌き出で、東北の方向へと流れ、宮古湾に至って海と混じる川が、閉伊川である。その流域こそが下閉伊郡である。

遠野の町に、池《いけ》ノ端《はた》という家がある。

その家の先代の主人が宮古に行って用を済ませ、その帰路でのことである。

池ノ端の先代は閉伊川の下流、原台《はらだい》の淵《ふち》と呼ばれる辺りを通った。

すると、若い女が現れて、主人に一封の手紙を託し、こう言った。

「遠野の町の後ろにある物見山の中腹に、沼があります。その沼に行って手を叩けばこの手紙の宛名の人が出て来るはずです」

その人に手紙を渡してくれと女は言うのだった。

先代は引き請けはしたものの、何だか釈然としない気持ちだった。怪しいと思えば限りなく怪しい。悪戯かもしれない。しかし、ではこんな悪戯をして何の得があるのか、それが判らない。気に懸かって仕様がない。

池ノ端の先代は、道々取つ置いつしながら、遠野に向かった。

すると、道の向こうからやって来る、一人の六十六部に行き逢った。六十六部とは、法華経《ほけきょう》を奉納するため諸国六十六個所の霊場を巡る、巡礼僧のことである。単に六部とも謂う。

考えあぐねていた池ノ端の先代は六部を呼び止め、赫々然々《かくかくしかじか》と事情を話し、託された手紙を見せた。六部は躊躇《ためら》いなく手紙を開いて読み、

「この手紙を持って行けば、汝《なんじ》の身に大いなる災厄が降り掛かるであろう」

と、言った。先代は青くなった。六部は、

「然らば、書き換えて進ぜよう」

と言い、奉書紙を取り出すとさらさらと別の手紙を書き、先代に与えた。

池ノ端の先代はその手紙を有り難く受け取り、遠野へ帰った。

それから偽の手紙を持って物見山に登った。約束を破ると何があるか判らない気がしたのである。先代は沼を見付けると、女が教えてくれた通りに手を叩いてみた。

すると、何処からともなく若い女が現れた。

女は手紙を受け取ると、お礼だと言ってそれはそれは小さな石臼をくれた。

その石臼は真に不思議なものだった。

米を一粒入れて回せば、下から黄金の粒が出て来るのである。

先代はこの宝物を大層に有り難がり、毎朝毎朝、恭《うやうや》しく水を供えて大切にした。その不思議な力のお蔭でこの家は徐々に裕福になって行った。

しかし、先代の妻は強欲な人だったから、僅かな富では満足できず、ある日辛抱ができなくなって、一度に沢山の米を摑んで、臼に入れてしまった。すると、石臼は回してもいないのにひとりでにぐるぐると回り始めた。黄金が出て来るどころか、頻りに回り続けて、止めようとしても止まらない。ついには主人が供えた水に打ち当たった。水は溢《こぼ》れて流れ、地面の小さな窪みに溜まった。

臼は回転しながらその水溜まりへと滑り落ち、やがて見えなくなってしまった。

水溜まりだけが残った。

それは池になって、今もその家の傍らにある。

池ノ端という家の名は、そこから出たものである。

これに似た話は西洋にもある。

偶然であろうか。

五十四

閉伊川の流域には深い淵が多く、恐ろしい伝説も少なくない。閉伊川と小国川が落ち合う辺りに、川井《かわい》という村がある。川の落合の近くであるから、川合の意味であろう。

その川井村の長者の奉公人が、山で樹を伐っていた。するとうっかり手が滑り、奉公人は斧を取り落としてしまった。その山の下には丁度淵があった。斧は淵目掛けて落下し、水中に没してしまった。

奉公人は青くなった。

斧は主人の持ち物である。なくしてしまいましたでは済まない。奉公人は苦労して山を下り、淵に入って斧を捜した。淵は深く、水底を探るには潜らなければならない。浅瀬から捜し始めたが見つからず、深い方へ進むにつれ、何か物音が聞こえているのに奉公人は気付いた。

天然自然の音ではない。

気になったので、奉公人は音のする方に行ってみた。

音の出元を求めて進むと、岩陰に一軒の家があった。覗いてみると、奥の間で姿の美しい娘が機を織っている。聞こえていた物音は機織り機が発する音だったのである。

そこで、奉公人は目を疑った。娘に見蕩れて見過ごすところだったが、娘が使っている機足《ハタシ》に自分の落とした斧が立て掛けられているのであった。

「それを返してください」

声に出してそう言うと、娘は振り返った。

その顔を見て——奉公人は言葉を失った。

それは、二三年程前に亡くなった、奉公先の長者の娘だったからである。主の娘であるから当然見知っている。いや、死んでいることも知っている。

死んでいるはずの娘はこう言った。

「斧はちゃんと返してあげましょう。しかし、私がここに居ることを、決して口外してはなりません。もし黙っていてくれるなら、そのお礼にあなたの身上を良くし、奉公などせずとも済むようにしてあげましょう」

奉公人は畏まって斧を受け取り、戻った。

その所為なのか否かは判らないが、その後その男は妙にツキに恵まれた。

奉公人仲間でやる胴引《どうびき》という小博打《ばくち》などでも、不思議に能《よ》く勝つ。負け知らずで勝ち続け、いつの間にか小金が貯まってしまった。

それを元手にして更に金を稼ぎ、男は程なくして奉公を辞めた。田畑を買って、中くらい規模の農民として自立することが叶ったのである。

しかしこの男、物忘れが疾《はや》く、淵の娘のことなどすっかり忘れてしまっていた。この成功が娘の力だとも気付かず、娘の言葉も、娘との約束も忘れていた。

ある日。

男は町へ行く途中で、偶然あの淵の脇を通り過ぎた。

そして、ふと以前のことを思い出したのだった。男は道々、供の者に、

「そういえばその昔、こんなことがあったのだよ」

と、斧をなくした一件を語り聞かせた。

人の口に戸は閉《た》てられぬと謂うが、その噂はあっという間に近郷に伝わった。

噂が広がるのと、男からツキが離れるのは同じくらいの速さだったろう。その頃から男の運は傾き、やがて家財産も手放すことになって、男はまた以前の長者の家に奉公することになってしまった。

何もかも元通りになってしまったのだった。

そのまま、男は奉公人のまま歳を経たという。

一方、主である長者は男の噂を耳にして何を想ったものか、娘がいたという淵に何度となく出向き、どういうつもりなのか淵に熱湯を注ぎ込み始めた。人を頼んでまで何杯も何杯も注いだそうである。何故そんなことをしたものか、誰にも判らない。

勿論、何の効果もなかったという。

二

遠野の町は早瀬川《はやせがわ》、猿ヶ石川という南北の川が合流する処にある。

以前は七七十 里《しちしちじゅうり》と謂って、七つの渓谷それぞれに七十里の奥地から売買する品を集め、盛大に市が開かれたのだそうである。遠野の市は馬千頭、人千人が集まる賑わいだったという。

四方を囲む山々の中で最も高く、美しい山が早池峰山である。町の北、附馬牛村の奥にその雄姿を見ることができる。東の方角には六角牛山が聳《そび》えている。西の端、附馬牛村と達曾部《たつそべ》村との間にある石神《いしがみ》山は、この二つの山より標高が低い。

大昔、一人の女神がいたという。

女神には三人の娘がいた。女神はある時、娘達を連れてこの高原にやって来たのだそうである。そして女神は、姫神達とともに今の来内村《らいないむら》の伊豆《いず》権現《ごんげん》がある場所で一夜を明かした。

その夜。

女神は娘達にこう語った。

「今宵、もし良い夢を見たならば、その子に良い山を与えよう」

三人の姫神達は期待に胸を膨らませて、眠った。

すると、夜更けに天から美しい花がはらはらと降って来たのだという。花は眠っている姉の姫神の胸の上に止まった。何かの験《しるし》であったのだろう。

その時、末の姫神だけは目を覚ましていて、その様子を盗み見ていた。

末の姫神は、こっそりと姉の胸からその花を盗った。そしてその花を自分の胸の上に載せた。その結果。

早池峰山は末の姫神のものとなった。

姉の姫神達は六角牛山と石神山をそれぞれに授けられたという。

遠野を囲む三つの山々には、銘々に若い三人の姫神が住んでいるのである。

遠野郷は、神に囲まれた土地でもあったのだ。

遠野の女達は、この姫神達が嫉妬することを畏れ、今でもその三つの山では遊ばないということである。

序（二）

恐らく遠野郷には、こうした物語がまだ数多くある筈である。

本気で集めれば数百にも及ぶのではないだろうか。

私は、いや、私達は、もっと多くの話を知りたいと強く願っている。

この国には、遠野よりも奥深い処にある山村もまだまだ沢山ある。山神や山人《やまびと》の伝説は無数にあるに違いない。私は、いや私達は、その伝説を残さなければならないと思う。この後、例えばそれらが書き記されることになったとするならば、この書などはほんの陳勝《ちんしょう》呉広《ごこう》——後に続く類書の先駆けに過ぎないということになるだろう。

願わくはこれを語りて。

平地人を戦慄せしめよ。

柳田國男

遠野物語 remix

ending

●柳田は獅子（鹿）踊りの歌を一切訳していないため、［意］は京極訳である。
●この章に限り、原典に付された柳田の注釈と京極の補注とを※に纏めた。
●歌部分の表記は角川ソフィア文庫版に準拠している。

◇

●執筆に当たっては石井徹訳注『全訳　遠野物語』（無明舎出版）を参照した。
特に本稿に関しては同書に負うところが大きい。石井氏に感謝の意を表する。

百十九

これは佐々木君から聞いた話ではないのだが、興味深いものなので最後に書き留めておくことにする。

遠野郷では古くから獅子踊りという歌舞が行われている。古くからとはいうものの、それ程古いものではない。中代——漠然とした言い方だが慶長《けいちょう》前後と思われる——に外から持ち込まれたもののようである。そうしたことは村人達も能《よ》く知っている。

その獅子踊りの際に用いられる歌が、遠野郷には代々伝わっている。村々で、また歌い手によって、歌詞や節回しには少しずつの相違があるのだが、私（柳田）が聞き集めたものは次のようなものである。

百年以上前に筆写された聞き書きを元にして、記す。

橋ほめ

一まゐり来て此橋を見申せや、いかなもをざは踏みそめたやら、わだるがくかいざるもの

［意］参上してこの橋を拝見させて貰うがいい。いったいどんな猛者《もさ》（勢いのある人＝長者など）が踏み締めた橋なのやら、さあ渡ろうか、苦界《くがい》（辛い憂き世）から去る者よ。

※渡れば苦界から解放される、という読み方もあるかもしれない。

一此御馬場を見申せや、杉原七里大門まで

［意］この立派な馬場を拝見させて貰うがいい。正門に至るまで、杉並木の原が七里も続いているではないか。

門ほめ

一まゐり来て此もんを見申せや、ひの木さわらで門立てゝ、是ぞ目出たい白かねの門

［意］参上してこの門を拝見させて貰うがいい。檜《ひのき》や椹《さわら》の上等な材木を使って、こんな立派な門を建てている。これこそ嬉《めでた》い、銀造《しろがねづく》りの門のようではないか。

一　門の戸びらおすひらき見申せや、あらの御せだい

［意］門の扉を押し開いてその中を拝見させて貰うがいい。新しく所帯を持った、幸せそうな家庭だ。

一　まゐり来てこの御本堂を見申せや、いかな大工は建てたやら　○

［意］参上してこのお寺の本堂を拝見させて貰うがいい。いったいどんな大工が建てたものやら。

※○となっているが、次の歌と併せて「寺ほめ」の歌と考えられる。

一　建てた御人は御手とから、むかしひたのたくみの立てた寺也

［意］こんな立派な寺院を建立したお方はお手柄ではないか。その昔、飛騨の匠と謂われた名人が建てた寺だろう。

小島ぶし

一　小島ではひの木さわらで門立て丶、是そ目出たい白金の門

［意］小島では、檜《ひのき》や椹《さわら》の上等な材木を使って、こんな立派な門を建てた。これこそお嬉い、銀《しろがね》造《づく》りの門のようではないか。

※小島というのがどこのことなのかは不明。

一　白金の門戸びらおすひらき見申せや、あらの御せだい

［意］銀《しろがね》の門の扉を押し開いてその中を拝見させて貰うがいい。新しく所帯を持った、幸せそうな家庭だ。

一　八つ棟《むね》ぢくりにひわだぶきの、上におひたるから松

［意］八棟造り（大きくて何棟もある造り）に檜皮葺《ひわだぶ》きの高級な屋根、その上に伸びている唐松も見事な御殿だ。

※「から松」は唐松のことではなく、上等な松という意味かもしれない。

一　から松のみぎり左に涌くいぢみ、汲めども呑めどもつきひざるもの

［意］唐松の左右に涌いている泉は、汲めども飲めども尽きることもないし干上がることもない。

一　あさ日さすよう日かゞやく大寺也、さくら色のちごは百人

［意］朝陽が差して、夕陽が輝く大きなお寺だ。桜色の頬をしたお稚児さんも百人からいるではないか。

一　天からおづるちよ硯水、まつて立たれる

［意］天から落ちて来る強い（千代の意かもしれない）硯水《けんすい》（大工の隠語で酒のこと）である。召し上がってからご出立なさい。

馬屋《まや》ほめ

一　まゐり来てこの御台所見申せや、め釜を釜に釜は十六

［意］参上してこのお台所を拝見させて貰うがいい。雌釜雄釜（夫婦釜）をはじめ、釜だけで十六もある。

一　十六の釜で御代たく時は、四十八の馬で朝草苅る

［意］十六もある釜でご飯を炊き食事の支度をする時は、四十八頭もの馬を駆って早朝に草（家畜の餌）を苅って来るのだ。

一　其馬で朝草にききやう小萱《おがや》を苅りまぜて、花でかゞやく馬屋なり

［意］その（四十八頭もの）馬で苅った朝草には、桔梗《ききょう》や小さくて奇麗な萱《かや》も沢山混ざっているから、馬小屋も花で飾られて輝くようだ。

一　かゞやく中のかげ駒は、せたいあがれを足がきする

［意］沢山の花で輝く馬小屋の中の鹿毛駒《かげごま》（茶褐色の毛並みの馬）は、もっと世帯が上がる（家運が上昇する）ようにと、足を踏みならして勇んでいるではないか。

○

一　此庭に歌のぞうじはありと聞く、あしびながらも心はづかし

［意］このお庭には歌の上手な人がいると聞いている。遊びだとはいうものの、名人に聞かれるかと思うと気恥ずかしい。

※○となっているが、「庭ほめ」の歌である。ただの庭ではなく、祭りを行う場所、祭場という意味の庭と思われる。

一　われわれはきによならひしけふあすぶ、そつ事ごめんなり

［意］我々は昨日歌を習ったばかりなのに、今日はもう歌って遊んでいる。急拵えなことで申し訳ないが、赦して欲しい。

一　しやうぢ申せや限《かぎり》なし、一礼申して立てや友だつ

［意］頌辞《しょうじ》（褒め言葉）を申し上げていても限《き》りがないので、一礼してお暇《いとま》しようではないか、連れだって来た友の衆。

一　まゐり来てこの桝を見申せや、四方四角桝形の庭也
桝形《ます》ほめ

［意］参上してこの桝形の庭を拝見させて貰うがいい。四方が四角で平らな、桝の形の庭ではないか。

一　まゐり来て此宿を見申せや、人のなさげの宿と申
[意] 参上してこのお宿を拝見するがいい。人の情けがある良い宿と皆が申しているぞ。

町ほめ

一　参り来て此お町を見申せや、竪町十五里横七里、△△出羽にまよおな友たつ
[意] 参上してこの町を拝見させて貰うがいい。縦が十五里、横が七里もある立派な町である。(一部不明) 迷わぬようにしなければいけないよ、友の衆。
※△△部分は判読不明。出羽と漢字が当てられているが、それも意味は定かでない(柳田)。慥かに、出羽を地名と解すると意味が通らなくなる。例えば「出る」などの意と解釈するなら、△△部分は「入る」というような文言になっているのかもしれない。あるいは「△△出羽」で、広い、立派などを表す言葉になっている可能性もある。

けんだんほめ

一　まゐり来てこのけだん様を見申せや、御町間中にはたを立前
[意] 参上してこの検断《けんだん》(大庄屋) 様を拝見するがいい。町の真ん中に、旗竿を立てていらっしゃるではないか。

一　まいは立町油町《たてまちあぶらまち》
［意］舞というなら、立町と油町である。

一　けんだん殿は二かい座敷に昼寝すて、銭を枕に金の手遊
［意］検断（大庄屋）殿は、二階の座敷で昼寝していらっしゃるが、銭を枕にして金（大判小判）を弄んでいらっしゃる。

一　参り来てこの御札見申せば、おすがいろぢきあるまじき札
［意］参上してこのお札を拝見したならば、御師《おし》（高名な寺社に仕え、参詣者の案内をしたり護符を配布したりする者。御祈禱師の略）が色付けをした、世にも珍しい（有り難い）お札ではないか。

一　高き処は城と申し、ひくき処は城下と申す也
［意］高い所はお城と謂い、低い所は城下と謂うのです。

橋ほめ

一　まゐり来てこの橋を見申せば、こ金の辻に白金のはし

〔意〕参上してこの橋を拝見したならば、まるで黄金《こがね》の辻に架かった白銀《しろがね》の橋ではないか。

上ほめ

一　まゐり来てこの御堂見申せや、四方四面くさび一本

〔意〕参上してこのお堂を拝見させて貰うがいい。四方四面が（釘などを使わず）楔《くさび》一本で止められている、それは見事な造作ではないか。

※「上ほめ」の上は舞台の上のこと。奉納神楽などを舞う舞殿の意か。

一　扇とりすゞ取り、上さ参らばりそうある物

〔意〕扇を手に取り、鈴を手に取って殿上にあがり舞うならば、きっとご利益があるだろう。

※「すゞ」は、数珠の意であるのかもしれない。「りそう」は利生《りしょう》（神仏の加護）であろう（柳田）。

家ほめ

一　こりばすらに小金のたる木に、水のせ懸るぐしになみたち

［意］香柱《こうばしら》（佳い香りの木で造った柱）にも、黄金の垂木にも、水（の入った桶＝天水桶）などを載せておけば、棟《ぐし》にも波が立つ（火事が防げる）。

※「こりばすら」の部分は文字がはっきりと読めないので、違っているかもしれない（柳田）。棟《ぐし》は棟木のこと。棟木の上（屋根の上）に天水桶を載せておく風習は他の地域には実際にある。家の歌であるはずなのに水や波が出て来るところからも、防火の意と取ることは容易なのだが、「水のせ懸る」棟木に「なみたち」という部分は、別の意味がある可能性もある。

浪合《なみあい》

一　此庭に歌の上ずはありと聞く、歌へながらも心はづかし

［意］この庭に歌の上手な人がいると聞いている。歌うのはいいのだが、その人に聞かれていると思うと気恥ずかしい。

※浪合という題の意味は不明。

一　おんげんべりこおらいべり、山と花ござ是の御庭へさらすかれ

［意］うんげん縁《べり》やこうらい縁《べり》の大和花莫蓙《やまとはなござ》を、このお庭にさらさらとお敷きになるがいいでしょう。

※「おんげんべり」は雲繝縁《うんげんべり》、「こうらいべり」は高麗縁《こうらいべり》のことである（柳田）。縁は畳の縁。雲繝も高麗も、いずれも高級な畳の縁である。

一　まぎゑの台に玉のさかすきよりすゑて、是の御庭へ直し置く

［意］蒔絵《まきえ》を施した台の上に、宝玉で作った盃《さかずき》を選《よ》りすぐって据え、このお庭にきっちり揃えて置きましょう。

一　十七はちやうすひやけ御手にもぢをすやく廻や御庭かゝやく

［意］十七歳ばかりの娘さんが、お銚子や提子《ひさご》を手に持ってお酌に廻れば、お庭も輝きましょう。

一　この御酒一つ引受たもるなら、命長くじめうさかよる

［意］このお酒を一杯お引き受けくださるならば、命永らえ寿命も栄えましょう。

一　さかなには鯛もすゞきもござれ共、おどにきこいしからのかるうめ
［意］酒肴には鯛《たい》や鱸《すずき》も用意されておりますけれども、音に聞こえし韓《から》伝来の唐梅（臘《ろう》梅《ばい》）の眺めは、また格別の肴となりましょう。

一　正ぢ申や限なし、一礼申て立や友たつ、京
［意］頌辞《しょうじ》（褒め言葉）を申し上げていると限りがないので、一礼をしてお暇しようではないか、友の衆。これでお終《しま》い。
※「京」は最後という意味であろうか。いろはかるたの最後も京である。

柱懸り

一　仲だぢ入れよや仲入れろ、仲たづなけれや庭はすんげないゝ
［意］中立ち（獅子踊りで主役を演ずる獅子頭）を入れろ、中に入れろ、中立ちがいなければこの庭は素っ気ない（素っ気ない）。
※「柱懸り」は、若い鹿が若木で角を磨くという趣旨の踊り（柳田）。

一　すかの子は生れておりれや山めぐる、我等も廻る庭めぐるゝ
［意］鹿の子は生まれ落ちるとすぐに山を駆け巡る。我らもまた巡る、庭を巡る（庭を巡る）。
※「すかの子」は鹿の子のこと。遠野の獅子踊りの獅子頭は鹿のようである（柳田）。

一　これの御庭におい柱の立つときは、ちのみがき若くなるものゝ
［意］このお庭に匂い柱が建つ時は、角を磨いて若返るものだ（若返るものだ）。
※「ちのみがき」は鹿の角磨きのことである。匂い柱は詳細不明（柳田）。

一　松島の松をそだてゝ見どすれば、松にからまるちたのえせものゝ
［意］松島の松を育ててみようとするのだが、松に絡まる蔦のひねくれ者（ひねくれ者）。
※「ちた」は蔦のこと（柳田）。

一　松島の松にからまるちたの葉も、えんが無れやぶらりふぐれるゝ
［意］松島の松に絡まっている蔦の葉も、縁がなくなればぶらりとほぐれて離れる（ほぐれて離れる）。

一　京で九貫のから絵のびよぼ、三よへにさらりたてまはす
［意］京の都で九貫目もした唐絵の屛風を、三重四重にも立て巡らせているではないか。
※「びよぼ」は屛風のこと。「三よへ」は三四重という意味か。私（柳田）はこの歌が最も面白く感じる。

めずゝぐり

一　仲たぢ入れろや仲入れろ、仲立なけれや庭すんげなえゝ
［意］中立ち入れろ、中に入れろ、中立ちを入れなければお庭が素っ気ない（素っ気ない）。
※「めずすぐり」は雌すぐり、鹿の妻選びのことだろう（柳田）。

一　鹿の子は生まれおりれや山廻る、我らもめぐる庭を廻るなゝ
［意］鹿の子は生まれ落ちるとすぐに山を駆け巡る。我らもまた巡る。庭を巡るのであるなあ（巡るのであるなあ）。

一　女鹿たづねていかんとして白山の御山かすみかゝるゝ
　［意］雌鹿を探しに行こうとしているのだけれど、白山のお山は霞が掛かっている（霞が掛かっている）。
　※「して」の部分、文字の表記は〆てとなっている。意味は不明（柳田）。

一　うるすやな風はかすみを吹き払て、今こそ女鹿あけてたちねるゝ
　［意］やれ嬉しい、風が霞を吹き払ってくれたので、今こそ山の雌鹿の許に挙《こぞ》って訪ねることができる（訪ねることができる）。
　※「うるすやな」は嬉しやなである（柳田）。

一　何と女鹿はかくれてもひと村すゝきあけてたつねるゝ
　［意］どのように雌鹿が隠れようとも、一群の芒を掻き分けて訪ねてみせる（訪ねてみせる）。

一　笹のこのはの女鹿子《めじしこ》は、何とかくてもおひき出さる
　［意］笹や木の葉の蔭にいる雌鹿は、どんなに巧《うま》く隠れても誘《おび》き出されるものだ。

一　女鹿大鹿ふりを見ろ、鹿の心みやこなるものゝ
［意］雌鹿よ、大鹿の素振りを見なさい。鹿の心は、遠く都に思いを馳せている（都に思いを馳せている）。

一　奥のみ山の大鹿はことすはじめておどりでき候ゝ
［意］深山の奥の大鹿は、今年初めて躍り出たのでございます（躍り出たのでございます）。

一　女鹿とらてあうがれて心ぢくすくをろ鹿かなゝ
［意］雌鹿を娶り損ねて、恋い焦がれて、心を尽くす狂い鹿である（狂い鹿である）。
※「とらて」を、取れなくて、ではなく取られて、と読むなら、別の雄に雌を取られてしまったという解釈もできるかもしれない。

一　松島の松をそだてゝ見とすれば松にからまるちたのえせものゝ
［意］松島の松を育ててみようとするのだが、松に絡まる蔦のひねくれ者（ひねくれ者）。

一　松島の松にからまるちたの葉も、えんがなけれやぞろりふぐれる〻

［意］松島の松に絡まる蔦の葉も、縁がなければぞろりとほぐれて離れる（ほぐれて離れる）。

一　沖のと中の浜す鳥、ゆらりこがれるそろりたつ物〻

［意］沖の真ん中の浜千鳥は、ゆらりと波に漕がれているから、そろりと飛び立つのである（そろりと飛び立つのである）。

※「浜す鳥」を「浜ち鳥」と解釈しているが、この場合は訛音ではなく、崩し字で書かれた「ち」と「す」の判読ができなかったための写し間違いではないかという研究者の推測に基づいている。

なげくさ

一　なげくさを如何御人は御出あつた、出た御人は心ありがたい

［意］このなげくさ（御祝儀）は、どのようなお方がお出しになられたのか、お出しくださった方のお心が有り難い。

※「なげくさ」は投げ草であり、御祝儀のことである。

一　この代を如何な大工は御指しあた、四つ角て宝遊ばしゝ

［意］この（御祝儀を載せる）台はどのような大工さんがお作りになられたのか、台の四隅に宝物が積まれている（積まれている）。

※「遊ばし」の意味は不明。オシラサマをお祀りすることを「遊ばせる」と謂うが、そうした例などを鑑みると、祀るという意味もあるか。

一　この御酒を如何な御酒だと思し召す、おどに聞いしがゝ菊の酒ゝ

［意］この（御祝儀に振る舞われた）お酒を、どんな酒だとお思いになるか。音に聞こえし加賀《かが》の菊酒（加賀の菊酒）。

一　此銭を如何な銭たと思し召す、伊勢お八まち銭熊野参の遣ひあまりかゝ

［意］この（御祝儀に戴いた）お金を、どんな金だとお思いになるか。お伊勢《いせ》参りのお初《はつ》撒銭《さんせん》（賽銭）か熊野詣での遣い残しか（遣い残しか）。

一　此紙を如何な紙かと思し召す、はりまだんぜかかしま紙か、おりめにそたひ遊はし

［意］この（御祝儀を包んだ）紙を、どのような紙とお思いになるか（以下、不明）。

※「はりまだんぜ」は播磨檀紙《はりまだんし》のことであろうか。「かしま紙」は鹿島《かしま》の紙か（柳田）。折り目に沿って丁寧に扱えという訳が妥当なのかもしれないが、嬉い語句を交え言祝ぐという性質を考慮するなら、播磨や鹿島の上等な紙なので「折り目にぞ鯛遊ばし」などという読みもあるかもしれない。

一　あふぎのお所いぢくなり、あふぎの御所三内の宮、内てすめるはかなめなり〳〵、おりめにそたかさなる

［意］この扇《おうぎ》が作られたのは何処だろう。扇が作られたのは三内のお宮、扇を中心から締めるのは要である（要である）。（以下不明）。

※「いぢくなり」は、いづこなるである。「三内」部分の文字は判読ができず、正確には不明である。仮に三内と当てている（柳田）。後半は「折り目に沿って重なっている」の意とも読めるが、やはり違っているのかもしれない。

（了）

此書を此國に在る人々に呈す

本書の原典である『遠野物語』（明治四十三年六月十四日発行）には、今日の人権意識に照らす限り、不適切と思われる語句や表現が用いられています。書き改めるにあたり、できる限りの配慮は致しておりますが、原典が書かれた当時の社会的背景を鑑み、また原典においても差別的な意図をもって使用されたものではないと考えられるため、原文のニュアンスをそのまま伝えるという意図からも、一部の語句や表現をそのまま残している部分があることをお断りしておきます。

附記　原典には柳田國男本人が後に見解を改めていたり、後世の研究で誤用を指摘されている部分もあります。但し、本書においては原文に準拠し、原典の文意をそのまま残す方針を採用しております。また、原典において複数の解釈が可能な記述に関しましては、著者（京極夏彦）の判断に拠る表現になっていることも重ねてお断りしておきます。

京極夏彦／角川学芸出版

解説　『遠野物語』はいま、解放のときを迎えている

赤坂　憲雄

京極夏彦さんの『遠野物語remix』を前にして、ふと思う。『遠野物語』はいま、解放のときを迎えているのかもしれない、と。しかし、それにしても、いったい、なにからの解放なのか。そう呟《つぶや》いた瞬間、にわかに視界が乳白色のうす闇に覆われてゆくのに気づかされて、うろたえる。これはてごわい。『遠野物語remix』はひと筋縄では行かない。

思えば、『遠野物語』という小さな書物は、いかにも数奇な運命を辿《たど》ってきた。幾重にも見えにくい呪縛《じゅばく》にからめ捕られてきた。たとえば、その作者はだれか、と問いかけてやるだけで、根底からなにかが揺らぎはじめる気配がある。とりあえず、作者は柳田國男だと信じられているが、それはどれほど自明な前提でありえるのか。わた

しはすこしだけ疑っている。『遠野物語』について、わたしはかなり疑《うたぐ》り深いのである。

語り部としての遠野の人・佐々木喜善《ささききぜん》もまた、作者としての資格をいくらか分け持っていたのではないか。喜善はたんなる土地の語り部ではない。そもそも『遠野物語』は、遠野の昔話や伝説を漫然と集めた本ではない。それはいかにも混沌《こんとん》とした、「現在の事実」や「目前の出来事」としてのモノガタリの集積であり、それでいて、そこにはあまりに深々と喜善という人格の痕《あと》が刻印されている。喜善という語り部なしに、『遠野物語』が『遠野物語』たりえたとは考えられない、ということだ。

ともあれ、『遠野物語』の初版がたった三百五十部の自費出版のかたちで刊行されたのは、明治四十三(一九一〇)年の六月のことだった。だから、『遠野物語』はいま、誕生以来の歳月を数えてみれば百年とすこし、ということになる。ときに、それは「民俗学発祥の記念碑」などと持ち上げられるが、現実には、日本の民俗学にとっては敬して遠ざけられてきた、むしろ忘却を刻印された書物であったといったほうがいい。いや、より繊細な物言いを選んでみようか。たとえば、文学とは無縁に民俗学はいかにして可能か、という深刻な問いから身を遠ざけ、それを隠蔽《いんぺい》ないし抑圧するところに、柳田以後の民俗学はみずからの存在証明を求めてきた、といったぐあいに。

『遠野物語』はあきらかに、すぐれた文学作品としてくりかえし発見され、そのつど多くの読者を獲得しながら、いつしか「現代の古典」へと成りあがってきたのである。明治末年に刊行されたときに、それをもっとも熱い共感をもって読んだのが、島崎藤《しまざきとう》村《そん》や田山《たやま》花袋《かたい》といった自然主義系の作家ではなく泉鏡花《いずみきようか》であったことにも、関心をそそられる。鏡花は「遠野の奇聞」と題したエッセイを、「おもしろき書を読みたり」と書き起こし、さらに「此の書は、陸中上閉伊郡に遠野郷とて、山深き幽僻地の、伝説異聞怪談を、土地の人の談話したるを、氏が筆にて活かし描けるなり。敢て活かし描けるものと言ふ。然らざれば、妖怪変化豈得て斯の如く活躍せんや」と書いた。まさしく、鏡花は『遠野物語』をすぐれた文学作品として評価したのである。そして、『遠野物語』からは、「事の奇」と「ものの妖」のみならず、その土地の光景・風俗・草木の色などが感じられる、という。いわば、それはすぐれた文学であるがゆえに、フォークロアの領分を侵していたのではなかったか。三島由紀夫《みしまゆきお》がまた、この民俗学と文学のあいだに横たわる、複雑にして怪奇な繫《つな》がりに眼を凝らしていたことを思いだすのもいい。

それにしても、誕生から百年が過ぎて、いま『遠野物語』は激動の季節を迎えているのかもしれない。この、京極さんの『遠野物語remix』などは、そうした転換期に現われた象徴的な書物として記憶されることになるにちがいない。その刊行が、『遠野物語』の誕生から百年あまり、そして柳田の没後五十年（それゆえに、著作権が切れた年……）が過ぎてからであったことは、当然とはいえ、偶然ではありえない。その本ははっきりと、著者名を「京極夏彦×柳田國男」と掲げていたのである。そうした名乗りそのものが、著作権の縛りが解けたことと無縁ではありえない。

あらためて、『遠野物語』はいま、ひそかに解放のときを迎えているのである。なにからの解放なのか。それは名実ともに「古典」の仲間入りを果たすことで、生臭い「現世」のしがらみから自由になったのだ、とひとまずいっておく。

さて、京極さんの『遠野物語remix』は、入念に、しかも軽やかに考え抜かれた作品である。remix（リミックス）とは聞き慣れない言葉だ。ウィキペディアによれば、一九七〇年代にジャマイカで生まれ、やがてニューヨークで起こったディスコ・ブームのなかで普及していった、音楽業界の用語である。文学まわりのタームではない。ともあれ、複数のトラックに録音された既存の楽曲の音素材を再構成したり、さまざまな加工を施すことによって、その曲の新たなバージョンを生みだす手法のひとつ、それがリミックスである。そこからの派生的な手法として、新しい音を足したり、アレンジを変えた演奏を追加すること、オリジナルバージョンの素材を部分的に抜いて、積極的に新しいバージョンを作成することなどが含まれる、という。

そうしてリミックスの原義を押さえてみると、『遠野物語remix』で採用された戦略がまさしく、『遠野物語』を現代に甦《よみがえ》らせるための周到なリミックスの手法であったことが納得されるにちがいない。それは断じて、たんなる『遠野物語』の口語訳や現代語訳の試みではない。新しい言葉を挿入すること、語りの順序を変えること、オリジナルの語りを部分的に抜いて新しいバージョンを再構成すること。『遠野物語remix』がそれらのリミックスの手法を駆使して、もうひとつの、いわば二〇一三年版の『遠野物語』を創造しようとしていたことは否定しようがない。それは疑いもなく、『遠野物語』に向けての、大胆不敵な批評と挑発の試みであった。没後五十年が思いがけぬ影を射しかけてくる。もはや、こうした京極さんの試みにたいして、不敬のそしりを言い立てる者はいないだろう。『遠野物語』は呪縛を解かれたのである。

おそらく、京極夏彦という作家には確信があったにちがいない。むしろ、『遠野物語』そのものが、リミックスの所産であったはずだ、という。柳田はあきらかに、佐々木喜善の漂流する語り（喜善自身によって、お化け話と認識されていた……）をリミックスして、『遠野物語』というだれも目撃したことがなかったモノガタリ集を創作してみせたのである。柳田が選んだ文体は、いかにも奇妙なものだった。すくなくとも、『遠野物語』を読んだ遠野の人々が、それを土地の語りとして受容することはありえなかった。むろん、喜善の語りのレベルからも大きく離脱していた。その不思議な擬古文的な、創られた文語体は、いわば巧まれたリミックスの所産だったのである。

鏡花の言葉を呼び戻してみるのもいい。この書は、遠野郷という「山深き幽僻地の、伝説異聞怪談を、土地の人の談話したるを、氏が筆にて活かし描けるなり」とあった。『遠野物語remix』とは、喜善の語りを、柳田がその筆＝文体をもってリミックスした『遠野物語』という作品を、京極夏彦という作家がみずからの筆＝文体をもって、さらにリミックスしたもうひとつの『遠野物語』である、といったところか。

いずれであれ、『遠野物語』は生誕から百年が過ぎて、これまでの文学／民俗学が複雑によじれ、からみ合う読解と享受のコンテクストから、かぎりなく自由になろうとしている。その転換期のはじまりに、京極さんとその『遠野物語remix』は、どこか喜ばしげに誇らしげに立ち尽くしている。玉石混交の読みほどきの時代が幕を開けた。だからこそ、『遠野物語remix』はある記念碑的な書物として記憶されねばならない。

さて、次なる『遠野物語』のリミックスは、どこから現われるか。言葉の織物《テクスト》とはかぎらない。映像か、ダンスか、それとも……。

（民俗学者）

参考文献／関連文献

遠野物語　柳田國男　聚精堂　一九一〇年刊
遠野物語増補版　柳田國男　郷土研究社　一九三五年刊
定本柳田國男集　第四巻　柳田國男　筑摩書房　一九八一年刊
遠野物語　柳田國男　大和書房　一九七二年刊
遠野物語　柳田国男　新潮文庫　一九七三年刊
遠野物語・山の人生　柳田国男　岩波文庫　一九七六年刊
柳田国男全集2　遠野物語ほか　柳田国男　筑摩書房　一九九七年刊
新版遠野物語　付・遠野物語拾遺　柳田国男　角川ソフィア文庫　二〇〇四年刊
遠野物語小事典　野村純一他編　ぎょうせい　一九九二年刊
口語訳　遠野物語　後藤総一郎監修／佐藤誠輔訳　河出書房新社　一九九二年刊
注釈　遠野物語　後藤総一郎監修　遠野常民大学編著　筑摩書房　一九九七年刊
柳田國男事典　野村純一他編　勉誠出版　一九九八年刊

遠野物語辞典　石井正己監修／青木俊明他編　岩田書院　二〇〇三年刊
全訳　遠野物語　石井正己監修／石井徹訳注　無明舎出版　二〇一二年刊
遠野物語をゆく　柳田国男の原風景　学習研究社　一九七七年刊
柳田國男と『遠野物語』　遠野市立博物館　一九九二年刊
遠野／物語考　赤坂憲雄　JICC出版局　一九九四年刊
増補版遠野／物語考　赤坂憲雄　荒蝦夷　二〇一〇年刊
『遠野物語』を読み解く　石井正己　平凡社新書　二〇〇九年刊
『遠野物語』へのご招待　石井正己　三弥井書店　二〇一〇年刊
遠野物語の原風景　内藤正敏　荒蝦夷　二〇一〇年刊
諺・譬えことば　遠野地方のむらことば第2集　留場榮・留場幸子(自費出版)　一九八九年刊
「遠野物語」ゼミナール講義記録　遠野物語研究所　一九九九年～二〇〇八年刊

※　この他にも多くの関連出版物・研究書に触発されました。また、出版後にも遠野物語研究所の高柳俊郎氏をはじめ、遠野物語に関わる様々な方々より貴重なご教示を賜りました。それらに基づいて改訂した部分もございますので、お断りするとともに、ここに感謝の意を表するものです。

本書は二〇一三年四月に刊行された
自社単行本を文庫化したものです。

地図作成　フロマージュ
本文内図版　小林美和子

遠野《とおの》物語《ものがたり》remix

京極《きょうごく》夏彦《なつひこ》　柳田《やなぎた》國男《くにお》

平成26年 6月25日　初版発行
令和7年 8月30日　12版発行

発行者●山下直久

発行●株式会社KADOKAWA
〒102-8177　東京都千代田区富士見2-13-3
電話　0570-002-301（ナビダイヤル）

角川文庫 18610

印刷所●株式会社KADOKAWA
製本所●株式会社KADOKAWA

表紙画●和田三造

ISBN978-4-04-400318-0　C0193

◆◇◇

角川文庫発刊に際して

角川源義

第二次世界大戦の敗北は、軍事力の敗北であった以上に、私たちの若い文化力の敗退であった。私たちの文化が戦争に対して如何に無力であり、単なるあだ花に過ぎなかったかを、私たちは身を以て体験し痛感した。西洋近代文化の摂取にとって、明治以後八十年の歳月は決して短かすぎたとは言えない。にもかかわらず、近代文化の伝統を確立し、自由な批判と柔軟な良識に富む文化層として自らを形成することに私たちは失敗して来た。そしてこれは、各層への文化の普及滲透を任務とする出版人の責任でもあった。

一九四五年以来、私たちは再び振出しに戻り、第一歩から踏み出すことを余儀なくされた。これは大きな不幸ではあるが、反面、これまでの混沌・未熟・歪曲の中にあった我が国の文化に秩序と確たる基礎を齎らすためには絶好の機会でもある。角川書店は、このような祖国の文化的危機にあたり、微力をも顧みず再建の礎石たるべき抱負と決意とをもって出発したが、ここに創立以来の念願を果すべく角川文庫を発刊する。これまで刊行されたあらゆる全集叢書文庫類の長所と短所とを検討し、古今東西の不朽の典籍を、良心的編集のもとに、廉価に、そして書架にふさわしい美本として、多くのひとびとに提供しようとする。しかし私たちは徒らに百科全書的な知識のジレッタントを作ることを目的とせず、あくまで祖国の文化に秩序と再建への道を示し、この文庫を角川書店の栄ある事業として、今後永久に継続発展せしめ、学芸と教養との殿堂として大成せんことを期したい。多くの読書子の愛情ある忠言と支持とによって、この希望と抱負とを完遂せしめられんことを願う。

一九四九年五月三日

角川文庫ベストセラー

遠野物語拾遺 retold　京極夏彦　柳田國男

『遠野物語』が世に出てから二十余年の後――。柳田國男のもとには多くの説話が届けられた。明治から大正、昭和へ、近代化の波の狭間で集められた二九九の物語を京極夏彦がその感性を生かして語り直す。

嗤う伊右衛門　京極夏彦

鶴屋南北「東海道四谷怪談」と実録小説「四谷雑談集」を下敷きに、伊右衛門とお岩夫婦の物語を怪しく美しく、新たによみがえらせる。愛憎、美と醜、正気と狂気……全ての境界をゆるがせる著者渾身の傑作怪談。

覘き小平次　京極夏彦

幽霊役者の木幡小平次、女房お塚、そして二人の周りでうごめく者たちの、愛憎、欲望、悲嘆、執着……人間たちの哀しい愛の華が咲き誇る、これぞ文芸の極み。第16回山本周五郎賞受賞作!!

数えずの井戸　京極夏彦

数えるから、足りなくなる――。冷たく暗い井戸の縁で、「菊」は何を見たのか。それは、はかなくも美しい、もうひとつの「皿屋敷」。怪談となった江戸の「事件」を独自の解釈で語り直す、大人気シリーズ！

巷説百物語　京極夏彦

江戸時代。曲者ぞろいの悪党一味が、公に裁けぬ事件を金で請け負う。そこここに滲む闇の中に立ち上るあやかしの姿を使い、毎度仕掛ける幻術、目眩、からくりの数々。幻惑に彩られた、巧緻な傑作妖怪時代小説。

角川文庫ベストセラー

続巷説百物語　京極夏彦

不思議話好きの山岡百介は、処刑されるたびによみがえるという極悪人の噂を聞く。殺しても殺しても死なない魔物を相手に、又市はどんな仕掛けを繰り出すのか……奇想と哀切のあやかし絵巻。

後巷説百物語　京極夏彦

文明開化の音がする明治十年。一等巡査の矢作らは、ある伝説の真偽を確かめるべく隠居老人・一白翁を訪ねた。翁は静かに、今は亡き者どもの話を語り始める。第130回直木賞受賞作。妖怪時代小説の金字塔！

前巷説百物語　京極夏彦

江戸末期。双六売りの又市は損料屋「ゑんま屋」にひょんな事から流れ着く。この店、表はれっきとした物貸業、だが「損を埋める」裏の仕事も請け負っていた。若き又市が江戸に仕掛ける、百物語はじまりの物語。

西巷説百物語　京極夏彦

人が生きていくには痛みが伴う。そして、人の数だけ痛みがあり、傷むところも傷み方もそれぞれ違う。様々に生きづらさを背負う人間たちの業を、林蔵があざやかな仕掛けで解き放つ。第24回柴田錬三郎賞受賞作。

虚実《うそまこと》妖怪百物語　序／破／急　京極夏彦

魔人・加藤保憲が復活。時を同じくして、日本各地に妖怪が現れ始める。荒んだ空気が蔓延する中、榎木津平太郎、荒俣宏、京極夏彦らは原因究明に乗り出すが――。京極版〝妖怪大戦争〟、序破急3冊の合巻版！

角川文庫ベストセラー

虚実《うそまこと》妖怪百物語　序　京極夏彦

虚実妖怪百物語　破　京極夏彦

虚実妖怪百物語　急　京極夏彦

文庫版　豆腐小僧双六道中ふりだし　京極夏彦

文庫版　豆腐小僧双六道中おやすみ　京極夏彦

「目に見えないモノが、ニッポンから消えている！」妖怪専門誌『怪』のアルバイト・榎木津平太郎は、水木しげるの叫びを聞いた。だが逆に日本中で妖怪が目撃され始める。魔人・加藤保憲らしき男も現れ……。

富士の樹海。魔人・加藤保憲は目前に跪くある政治家に言った。日本を滅ぼす、と――。妖怪が出現し騒動が頻発すると、政府は妖怪を諸悪の根源と決めつけ駆逐に乗り出す。妖怪関係者は原因究明を図るが……。

妖怪研究施設での大騒動を境に、妖怪は鳴りを潜めていた。政府は妖怪殲滅を宣言し不可解な政策を次々と発表。国民は猜疑心と攻撃性に包まれてゆく。妖怪関係者は政府により捕えられてしまい……⁉

豆腐を載せた盆を持ち、ただ立ちつくすだけの妖怪「豆腐小僧」。豆腐を落としたとき、ただの小僧になるのか、はたまた消えてしまうのか。「消えたくない」という強い思いを胸に旅に出た小僧が出会ったのは⁉

妖怪総大将の父に恥じぬ立派なお化けになるため、豆腐小僧は達磨先生と武者修行の旅に出る。芝居者狸《しばいもんだぬき》らによる〈妖怪総狸化計画〉。信玄の隠し金を狙う人間の悪党たち。騒動に巻き込まれた小僧の運命は⁉

角川文庫ベストセラー

眩談　京極夏彦

僕が住む平屋は少し臭い。薄暗い廊下の真ん中には便所がある。夕暮れに、暗くて臭い便所へ向かうと――。暗闇が匂いたち、視界が歪み、記憶が混濁し、眩暈をよぶ――。京極小説の本領を味わえる8篇を収録。

旧談　京極夏彦

夜道にうずくまる女、便所から20年出てこない男、狐に相談した幽霊、猫になった母親など、江戸時代の旗本・根岸鎮衛が聞き集めた随筆集『耳嚢』から、怪しい話、奇妙な話を京極夏彦が現代風に書き改める。

鬼談　京極夏彦

藩の剣術指南役の家に生まれた作之進には右腕がない。その腕を斬ったのは、父だ。一方、現代で暮らす「私」は見てしまう。幼い弟の右腕を掴み、無表情で見下ろす父を。過去と現在が交錯する「鬼縁」他全9篇。

今夜は眠れない　宮部みゆき

中学一年でサッカー部の僕、両親は結婚15年目、ごく普通の平和な我が家に、謎の人物が5億もの財産を母さんに遺贈したことで、生活が一変。家族の絆を取り戻すため、僕は親友の島崎と、真相究明に乗り出す。

夢にも思わない　宮部みゆき

秋の夜、下町の庭園での虫聞きの会で殺人事件が。殺されたのは僕の同級生のクドウさんの従妹だった。被害者への無責任な噂もあとをたたず、クドウさんも沈みがち。僕は親友の島崎と真相究明に乗り出した。

角川文庫ベストセラー

あやし　宮部みゆき

木綿問屋の大黒屋の跡取り、藤一郎に縁談が持ち上がったが、女中のおはるのお腹にその子供がいることが判明する。店を出されたおはるを、藤一郎の遣いで訪ねた小僧が見たものは……江戸のふしぎ噺9編。

ブレイブ・ストーリー（上）（中）（下）　宮部みゆき

亘はテレビゲームが大好きな普通の小学5年生。不意に持ち上がった両親の離婚話に、ワタルはこれまでの平穏な毎日を取り戻し、運命を変えるため、幻界〈ヴィジョン〉へと旅立つ。感動の長編ファンタジー！

お文《ふみ》の影　宮部みゆき

月光の下、影踏みをして遊ぶ子どもたちのなかにぽつんと女の子の影が現れる。影の正体と、その因縁とは。「ぼんくら」シリーズの政五郎親分とおでこの活躍する表題作をはじめとする、全6編のあやしの世界。

過ぎ去りし王国の城　宮部みゆき

早々に進学先も決まった中学三年の二月、ひょんなことから中世ヨーロッパの古城のデッサンを拾った尾垣真。やがて絵の中にアバター（分身）を描き込むことで、自分もその世界に入り込めることを突き止める。

おそろし　三島屋変調百物語事始　宮部みゆき

17歳のおちかは、実家で起きたある事件をきっかけに心を閉ざした。今は江戸で袋物屋・三島屋を営む叔父夫婦の元で暮らしている。三島屋を訪れる人々の不思議話が、おちかの心を溶かし始める。百物語、開幕！